Kugayama & Tyuma
「灰とラブストーリー」

「やっ、も……やっ、はやく……早く、ふみ、つぐっ……」
自分から仕掛けておきながら、なかなか与えようとしない男は意地悪だ。狙いを定める余裕すらなく恋人の唇にキスをして、頬や首筋にもキスをして、久我山は何度も早くとねだった。
（「隣人とラブストーリー」P.201より）

Chara

灰とラブストーリー

砂原糖子

キャラ文庫

この作品はフィクションです。
実在の人物・団体・事件などにはいっさい関係ありません。

目次

口絵・本文イラスト／穂波ゆきね

灰とラブストーリー

しかめっ面《つら》でブックリーダーに目を落とし、読書で時間を潰《つぶ》していた久我山誉《くがやまほまれ》は、駅に到着するアナウンスにようやく眉間《みけん》を緩《ゆる》めた。

近年開通した九州《きゅうしゅう》新幹線のクリーンな車内も、着工から十年以上の歳月をかけて全線開通したらしいそのヒストリーも、終着駅まで関心を引かれることもなかった。平日ながら観光客の多い車内は中高年のグループばかりで、降車の人の流れで頭一つ抜きん出たスーツ姿の久我山は、小ぶりのボストンバッグ片手に出口に向かう。

駅のホームに降り立つと、タイミングを計ったかのように淡いピンクのカラーシャツの胸ポケットで携帯電話が震えた。

『誉、どぉ～そっちは？　メールの返事ないから電話しちゃった～』

応答もしないうちから喋《しゃべ》り出したのは、女友達のマリノだ。鼓膜に絡みつくような甘ったるい声を聞きながら、久我山は周囲に視線を巡らせる。ホームの先には見知らぬ土地とは思えない、見慣れた夏空。けれど、その下には見慣れない灰色の笠《かさ》を被《かぶ》った山が遠く聳《そび》えている。

「山が煙を上げてる」

『えっ、やだ、火事？』

「バカ、桜島《さくらじま》だろ」

『ああ、神社がよく水没する？』

「それは広島《ひろしま》の宮島《みやじま》だ」

コントかと突っ込みたくなるやりとりに、緩んだばかりの眉間もきゅっと引き締まる。

マリノが興味があるのは恐らくしかめっ面の自分の動向だろう。

女友達は二十八歳の久我山より二つ年下で、雑誌モデルをしている。美人だが三流、友人のよしみでおまけしても二流と半だ。撮影のない日は暇を持て余しているようだから、『他人の不幸』という甘い蜜《みつ》を吸いたくなっても不思議じゃない。

桜島がランドマークの九州最南の地、鹿児島《かごしま》。元気いっぱいの活火山が市街地から目と鼻の先の島で煙を上げ、銅像で有名な偉人の生誕の地であったり、温泉はところによっては砂に埋まるものだったり、あとなんだ、芋といえばサツマイモ。

久我山の鹿児島の知識はこの程度と乏しいが、今日からここで暮らさねばならない。そう、旅人ではなく住人だ。仕事の引き継ぎに絡んだ挨拶《あいさつ》回りで、東京《とうきょう》から大阪《おおさか》を一泊で経由して新幹線で計八時間弱。不機嫌顔の理由は長い移動で疲れたことでも、通路越しのおばちゃんグループの弁当の匂《にお》いとハイテンションな喋りが不愉快だったからでもない。それもちょっとはあるけども。

意に沿わない転勤で、笑顔になれようはずもなかった。

久我山の仕事は大手広告代理店のクリエイティブ・ディレクターだ。制作チームの要となる職業は、本来は地道に経験を積み上げ、ステップアップの末にようやく任される仕事だが、久我山は入社四年で成し遂げた。新風に期待した異例の人事である。

若くして才能を買われるのも無理はない。話題作には常に絡んできたし、中には某三大広告賞の一つの受賞に至ったものもある。久我山は当時はデザイナーでチームの一員に過ぎなかったものの、頭角を現すほどの存在感をみせつけた。

『なるべくしてなった』、それが久我山の自分への評価だ。もちろん人に問われれば、『運が良かった』と世渡りで謙遜《けんそん》ぐらいはしてみせるが。

実際、生まれる前から運はいい。父は裕福な家庭に生まれ、美貌も気立ても兼ね備えた母を選んだ。当然生まれる子供は高確率で上等だ。この他人への気遣いを過剰に要求する島国は、赤子相手であろうと世辞を振り撒《ま》くことを強いるが、誰もが久我山に対しては心から誉めそやした。

可愛《かわい》い。愛らしい。スイートベイビー。

――はいはい、可愛いですが？

両親が『誉』と名づけただけのことはある。

物心つく前から賛辞を浴び尽くし、自尊心もぐんぐん育って肥大するばかり。体が成長してきてからは『可愛い』と言われることは少なくなった代わりに、女に急速にモテ始めた。ほどよく華のある理想的なルックスに、頭身のバランスもいいしなやかな体。やや天然がかった猫っ毛の髪は雨の日は大敵だが、久我山のツンとした表情を柔らかに中和するには役立っている。

元々、どちらを引き当てても優秀であるはずの父母の遺伝子を受け継ぎ、学校の成績も上々。希望どおり大手の広告代理店に就職し、多忙ながらも充実した日々を送っているはずだった。

つい先月までは。

足元を掬《すく》われたのは女関係だ。社内恋愛はタブーなどというお堅い職場ではなく、久我山も幾多の女子社員と浮名を流し、交際をしたりしなかったり。デパートの試食品でも摘まんで回るみたいな恋をして、なんのお咎《とが》めもない自適な日々を過ごしていたのだけれど、今回は相手が悪かった。

上司の女だったのだ。

上司といってもほかの部署であるから、大丈夫だろうと高を括《くく》っていた。呼び出されて詰《なじ》られて泥沼劇。その場はなんとか沼から這《は》い上がったものの、ほとぼりが冷めるより先に転勤が決まった。恋敵《こいがたき》が人事部長と親密だったなんて知る由もない。

どんなに優秀な人材であっても、会社員であるから人事には逆らえない。『九州のこれからの発展の要となる鹿児島支局の強化のため』なんて名目はついていたが、ようするに左遷だ。観光客のようにはしゃぐ理由もなく、久我山はただただ我が身の不幸を呪う。

地方、辺境、クソ田舎！

もう幾度となく覚えた毒づきを到着早々再開し、電話の向こうでは蜜を吸いに来たはずの蝶《ちょう》が、聞こえよがしの溜《た》め息《いき》をついた。

『はぁ、誉がいなくて淋《さび》しい～』

「え？」

『金曜の合コン、誉がいないから集まり悪くって。女の子のレベル落ちると、男子のほうもそれなりになっちゃうじゃない？　悪循環っていうかさぁ？』

　集まる男に失礼だろう。

「淋しいじゃなくて、困るの間違いじゃないかよ。電話切るぞ。まだ着いたばっかりで、感想もなにもねぇから」

『じゃ』とばっさり通話を終えた携帯電話を元の胸ポケットに押し込み、久我山は駅の外へ向かう。鹿児島の玄関口でもある鹿児島中央駅は思いのほか洗練された駅だった。

　広々としたエスカレーターつきの正面階段に、傍らには大型ビジョンを壁面に備えたファッションビル。おまけにちょっと空を仰げば、どういう趣向か、大きな観覧車が赤いトサカでも生えたかのように駅ビルの上でこれ見よがしに回っている。

　――ここはお台場《だいば》か、横浜《よこはま》みなとみらいか。

　しょっぱい地方都市のくせして、生意気な。思わずぽかんと口を開けて仰ぎ見てしまった久我山は、悔し紛れのようにまた毒づく。

　拍子抜けした気分で駅を離れ、事前に調べておいたバス乗り場へ急いだ。

もう正午過ぎだ。鹿児島支局への出社は明日からだが、今日は三時には引っ越しの荷物が到着する。なにぶん急な人事で、住居も会社で用意してもらったため、部屋は未だ写真と間取り図でしか知らない。少しでも早く着いて準備万端でトラックを迎えたかった。

バスロータリーに乗り場を見つけると、数人の先客の列の後ろに大人しく並ぶ。

目当ての番号のバスが近づいてきて、首尾よく乗り込もうとしたときだ。バスが停車するや否や、周辺でぼけっと突っ立っているだけに見えた人が入口に殺到してきた。

「ちょっ……」

我先にと乗り込み始めた人の流れ。わらわらと押し寄せる人だかりに、並んでいたはずの久我山は後方に追いやられる。呆気《あっけ》に取られる間にも、また数人に追い越され、慌てて前に出ようとすると今度は老婆にまで杖《つえ》の先で牽制《けんせい》されて割り込まれた。

『はぁっ⁉』な状況である。

横入り上等。たまたま客層が悪いのか、ここではマナーも秩序もないのか。

「ちょっ、ちょっと……」

ときに『行列好き』とまで揶揄《やゆ》されるほど、列を作るように調教……いや、慣らされた元都民の久我山は分が悪い。

年寄りに席を譲るのは仕方ないとしても、若い男に突き飛ばされたのは許せなかった。Tシャツにハーフパンツの、学生みたいな格好をした男だ。小柄なくせしてなかなかの攻撃力で、ドンと押されてステップでよろけた拍子に、脇の女にヒールで革靴の足まで踏まれて踏んだり蹴ったり。その隙《すき》に後方のシートに飛びついた割り込み男は、悪びれもせずひょいと右手を上げる。

「史《ふみ》ちゃ～ん、こっちこっち！」

羞恥心《しゅうちしん》はないのか。やけにテンション高く連れを呼び、女かと思いきや、『ふみちゃん』と呼ばれて顔をこちらに向けたのは、通路で吊り革に手を伸ばそうとしていた男だった。

「史ちゃん、ココ空いてた～！」

空いてない。そこは本来自分のものになる予定だった席だ。

ふざけるなと睨《にら》む久我山の抗議の眼差《まなざ》しもなんのその、割り込み男は華麗に無視し、呼ばれた男が近づいてくる。ヒールで踏まれてズキズキ痛む足を、はっとなって引っ込めようとした瞬間、思いがけない言葉がその口から響いた。

「すみません、いいですか？」

すみません――日本人ならへビーユースの有り触れた言葉が懐かしい。このバスに乗り込んで初めて聞いた。

背の高い男だった。百七十四センチの久我山がちょいと仰ぐぐらいだから、百八十センチ台後半だろう。不思議と威圧感は感じられないのは、目元が優しいからかもしれない。やや垂れ目なのか、始終ツンとしている久我山とは対照的に、常に微笑《ほほえ》んでもいそうな眼差しの男だ。

年は三十代前半くらい。スーツではないが、白シャツにリネンのパンツという浮ついたところのない格好も、紳士的に見せるにはポイントが高い。

目が合うと、微《かす》かに微笑む。

「あ……」

自分の席だと主張すれば、男は遠慮したのかもしれなかったけれど、うっかり目を奪われた久我山は言葉を返し損ねた。

無反応は了承と取られても仕方ない。男はシートに座り、エンジン音とともに武者震いでもするかのように車体を震わせてバスは発車した。久我山は手摺《てす》りを摑《つか》んで身の置き所をどうにか確保したものの、割り込み男の暴挙を許したわけではない。

水に流そうにも、男のくせに甲高《かんだか》い声が耳につく。

「にしてもさぁ、史ちゃんと久しぶりに会えてホント嬉《うれ》しいなぁ！」

安っぽく色を抜いた髪の頭が、目障りにも傍《かたわ》らでひょこひょこ揺れる。服装と童顔で若く感じられたが、よく見れば自分とそう変わらない年頃の男だ。

——カマ臭い声出しやがって。

と、毒づいたのも束の間、久我山はぎょっとなった。割り込み男がおもむろに『ふみちゃん』の手を取り、握り締めたからだ。

「ご、ごめん、えっと、手ぇ繋《つな》いだらダメ？」

『ふみちゃん』は久我山と同じ驚きを一瞬見せたが、すぐに柔らかな声で応えた。

「いいよ」

久我山だけが、再びぎょっとなる。

カマ臭いのではなく、本物。同性愛者を初めて目にするわけではないけれど、公共機関で人目も憚《はばか》らず、手と手を取り合いカップル繋ぎ。『やったぁ』と喜ぶ男を前に、心の内に留めるはずの毒気がぽろりと口から転がり出てしまった。

「……ホモかよ」

『割り込み男』改め、『カマ男』がぴくりとなって顔を上げる。

「あんた、今なんか言ったろ？」

「べつに」

「けっ、なんだよ、直接言う根性もねぇなら、絡んでくんじゃねぇよ」

彼氏と手を繋いでイチャイチャはしゃいでいた男とは思えない、胆《きも》の据《す》わった声だ。

本来であれば、久我山は低俗な輩の相手なんかしない。柳眉《りゅうび》を負けじと吊り上げたのは、溜まりまくりの鬱憤《うっぷん》が爆発したからだ。

「ホモをホモと言ってなにが悪い」

「てめっ……」

「ホモが嫌なら言葉を改めようか、原始人」

「……はぁ？」

「ここは辺境でも日本かと思えば、違ったようだ。今時、整列乗車もできないようなマナーのない奴は原始人だろ。アウストラロピテクス……いや、今はサヘラントロプス・チャデンシスだっけ？」

去年CM制作で取り扱ったから覚えている。アウストラロピテクスのほうが馴染《なじ》み深いが、正確さを優先するならモデルはサヘラントロプスだろうなんて、会議室でいい大人が集まってあーでもないこーでもない。久我山自身は、最古の猿人なんて地球の裏の天気よりも興味がないが、こんなところでカマ男の鼻っ柱を折るのに役立つとはだ。

「サヘ……」

せいぜい悩んでネット検索でもするがいい。

小綺麗《こぎれい》な駅ビルと街並みで上っ面を整えても、所詮《しょせん》は地方都市。こんなレベルの低い奴が県民とは、底が知れる。ちょうどもくもく噴煙を上げる活火山もあることだし、原始時代に絵面もぴったりじゃないか。あっはっは。

鹿児島県民百六十七万人を敵に回しそうな勢いだったが、口には出していないのでギリギリセーフだ。

「はっ」

ようやく胸がすいたと息をついたときだ。

「……それで、社会性の高い現代人の君のマナーでは、他人をいきなりバスの車内で侮辱するのが普通なのか？」

飛び交う大人げない言葉の応酬を、聞き流しているかに思えた『ふみちゃん』が声を発した。先ほど、『すみません』と久我山を気遣った際とは違う、険のある声音でだ。

軽く額に降りた黒髪の間から覗《のぞ》く眸《ひとみ》が鋭い。ただ温和そうだとばかり思った顔は、見ようによっては鼻につく端整な顔立ちで、眼差しに冷ややかさが加われば印象は変わる。

「彼が……いや、彼と僕が、君になにか迷惑をかけたかな？」

「か、かけっぱなしだろうが。そいつはさっき乗るときに俺を突き飛ばしやがったんだ。あんたとイチャつく席を確保するためにな」

男がちらと隣を見ると、カマ男は打って変わって気まずそうに目線を泳がせる。

「彼にも問題があったのかもしれないが、だったら、それについて抗議すればいいだろう？　座りたいならそう言えばいい。話し合いもしないで偏見に満ちた言葉をぶつけるのはどうかと思うね」

行きずりの他人よりも恋人。当然だが、庇《かば》う口調に久我山はむっとなった。

「ただの独り言だよ。ホモをホモって言っただけだ。犬が通ったら『あ、犬だ』ってつい言うだろ。それで飼い主が目くじら立てるか？　お犬様とでも呼べってか？」

男は聞こえよがしの溜め息をついた。

「およそまともな社会人の言葉とは思えないな」

「だっ、だいたい、そいつが話し合って応じるような奴かよ。人を思いっきり突き飛ばしやがって、神経太すぎんだろ」

「また偏見が出たね。偏見その二」

「へっ、偏見じゃなくて事実だろうが！　ババアがケツを捻《ね》じ込むみたいにして、席取りするような奴だぞ、そいつは！」

「偏見その三。中高年の女性なら、誰もがずうずうしいと？」

「実際、そうじゃねぇか。オバサンがずうずうしいのは世界の共通認識……」

視線を感じてはっとなった。

今や、自分を見ているのは目の前の男と、恨めしそうにねめつける割り込み男だけではない。気づけば周囲のシートの客までもが、こちらを見ていた。

主に、オバサンと呼んでも差し支えないはずの年齢の女性たちだ。いつの間にか論点をすり替えられたも同然で、敵は一人、ないしは二人だったはずが完全に分が悪い。

言葉を飲んだ久我山は、悔しさのあまりただただ歯噛《はが》みした。

——前言撤回だ。どこが紳士的だ、ただのホモ仲間のイケズ野郎じゃねぇか。

鹿児島の印象を電話で問われたのが今なら、はっきり言える。

くそったれだと。

「久我山誉です。本社では第三制作部でCDをやらせてもらっていました。よろしくお願いします」

パチ、パチ、パチ。灰色の机の並ぶ小さなフロアに疎《まば》らな拍手が響く。総勢十名足らずのオーディエンス。いや、聴衆ではなく、これから同僚として共に働く鹿児島支局の面々だ。

翌朝引っ越し疲れの欠伸《あくび》をかみ殺して出社した久我山は、朝礼で支局長の紹介を受けて挨拶をしながら、その頰《ほお》をひくりと引き攣《つ》らせた。

——なんだここは、零細企業か？

携帯電話で地図を確認しつつ出勤してきたときにも、前をつるっと素通りしそうになった。繁華街の外れにある古ぼけたビルは、間口の狭いウナギの寝床で、中に入っても四次元ポケットのように空間が広がることもなく、狭っ苦しい。各種メディアでも紹介された、東京本社の開放的なカフェ風のオフィスとは比べるべくもない。

「わいの席はここな」

一通り話も終わると、支局長が机の島端の空席に久我山を案内した。ずんぐりとした体格や黒々とした眉《まゆ》の濃い顔立ちが特徴的な支局長は、さほど大柄ではないが、上野《うえの》で犬を連れた例の銅像の偉人を彷彿《ほうふつ》とさせる中年男だ。『似てますね』と何度も言いそうになったが、果たして褒《ほ》め言葉か否か。計りかねて飲み込むうちにタイミングを逃した。

「はい、ありがとうございます」

とりあえずここは愛想を振り撒いておくべきところか。自慢の美貌に完璧なスマイルを浮かべる久我山に、支局長は窓際のデスクに戻りながら言った。

「そいなあ、きゅはてげてげでよか。きばらんと、ゆっくいせんか」

「……は？」

早くもスマイルが剝《は》げ落ちる。

謎の呪文化したディープすぎる方言の羅列に、座りかけた久我山は硬直した。

隣席から愛想のない声で助け舟を寄越したのは、ノートパソコンのキーボードをリズミカルに鳴らしている若い女子社員だ。

「それでは今日は適当でいいから。頑張り過ぎず、ゆっくりしてくださいだそうです」

ロングの栗色の髪の彼女は、服装も今時の若い女性のものなら、口調も標準語で久我山はほっとした。だが腐っても……標準語でも地元民だ。難なく訳してくれる。

「あ、ああ……ありがとう。えっと、新留《にいどめ》さんでしたよね。よろしく。最初は僕もいろいろ教えてもらうことになると思うけど」

彼女は自分の部下になると聞いていた。広告制作はチーム仕事だ。制作チームを束ねるのが主な役割のクリエイティブ・ディレクターは、いわば監督であるから、メンバーがいないことには仕事にならない。

久我山の言葉に、女は一瞬パソコンのキーボード上の手を止めたが、すぐに続きを打ち始めた。

「……覚えることなんて、そんなにありませんよ」

「いやいや、僕だって転属早々サポートなしに仕事ができるほど器用じゃないよ。鹿児島の地方色については詳しくないしね」

「そういう意味じゃないんですけど……」

「君はAD《アシスタントディレクター》だったね。コピーライターは誰になるのかな？」

「私です」

「えっ……ああ、そうか兼任なのか。じゃあプランナーは……」

「私です」

「はっ？　全部君一人なのか？　まさか営業まで兼任っていうんじゃ……」

「営業は違いますけど。大丈夫ですよ、そんなに仕事入りませんから」

女の横顔を見つめ、久我山は数度目を瞬かせる。

「仕事入らないってどういう……」

「深夜のテレビスポットの差し替えとか、継続の仕事が中心です。新規は地元の代理店が頑張ってますから、なかなか増えなくて」

にわかに信じられない話だった。業界大手が席巻できない地域が未だにあるのか。小笠原《おがさわら》諸島の茶の間のテレビにだって、久我山の作ったＣＭが流れている時代に。

「鹿児島は同郷の結束が強いんです。排他的なところもあるんで、中央からのビジネス進出はやりにくいってんで有名ですよ？　Ｗｅｂはうちも食い込めてるんですけど、そっちは今別府《いまべっぷ》さんたちの担当なんで」

広告と言えば、まずテレビ、雑誌、新聞、ラジオのマス広告と呼ばれている媒体が主軸だが、今はそこにネット広告が並ぶ。企業の広告費内で占める割合はとっくに三媒体を抜き去り、今はテレビを追う勢いで、本社や支社ではインタラクティブ広告は制作部を別部門で立ち上げていた。

鹿児島支局もそうであるのは、なにも驚くことじゃない。けれど、売上でＷｅｂが圧倒的に勝っているとあっては、久我山の仕事の価値は低いということになる。重要なポストどころか、窓際もいいところだ。

「それで君はさっきからなにを……」

暇だと言いつつ、忙しなくキーボードを叩《たた》く彼女のノートパソコンを覗くと、画面にはおよそ仕事中とは思えない浮かれた文章が躍っていた。

『昨日、オープンしたばかりのフレンチレストランのオキに彼と行っちゃいました～！　予約でワンドリンクサービスでラッキー。デザートの写真撮り忘れちゃって、ごめんなさい☆』

——ＳＮＳの更新。

「ぎょ、業務中になにやって……」

誰も注意する者はいないのかと、周囲に視線を送った久我山はげっとなった。

支局長は通路でウォーミングアップという名のゴルフの素振り。営業の男は外回りに飛び出すでもなくのんびりと茶を味わい、事務の中年女性は携帯を弄《いじ》っている。これが支局の現状か。

朝っぱらから漂う、温《ぬる》くだらけきった空気。次々と舞い込む仕事でプレゼンラッシュが常態となり、怠ける暇もなく過ごしていた今までの世界とはあまりに違い過ぎた。

暇は人間を堕落させる。謎の方言でのんびりやれと言われたが、久我山は初日は過去の依頼に目を通すのに没頭した。

午後、新留にふと思い出して声をかけた。

「そういえば、この辺りじゃ、バスに乗るのに列は作らないのか？」

昨日の向かっ腹の立つ出来事は、腹に燻《くすぶ》り続けている。今朝は思わず、もう二度と会うこともないであろう男の姿をバスの車内に捜してしまったくらいだ。もちろん、見当たらなかったけれども。

「バス？　そうですねぇ……電車は並びますけど、バスは状況によりますね」

「なんでだ？」

「なんでと言われましても。バス利用者はお年寄りも多いんで、昔っからのやり方を変えられないんじゃないですかね。観光客だって……あ、そうそう、インドでは行列を作るときは身を寄せ合って並ぶそうですよ。ちょっとでも隙間空いたら割り込まれるみたいで、こう、体と体をぴったりくっつけて！」

白い手の甲と反対側の手のひらをくっつけ、彼女は並ぶ仕草をする。

――ここはインドじゃなくて、日本じゃないのか。

「久我山さん、通勤に市電は利用できないんですか？　路面電車」

「利用できると聞いてたんだけどね、家から遠くて……」

家探しをしたのは本社の総務部の男だ。鹿児島出身だとかで任せたのに、『電車通勤できますよ～』といって案内された今のマンションは、路面電車の停留所である電停まで徒歩二十分。今まで、歩いて十分圏内に駅が二つも三つもあって当然の暮らしだった久我山には、それは最寄駅とは呼べない。

「久我山さんの家ってどの辺なんです？」

住所を告げると、新留は『ああ』と不穏な声を上げた。

「なに？」

「あー、いえ、私は市内でも北部なんで最近は全然なんですけど、その辺今年はよく来るじゃないですか～。まぁ夏場はどこでも来るときは来ますけど」

「……来るって？」

夏に来ると言われても、なんの話だかさっぱり判らない。

夏と言ったらなんだ？

「れ、霊的なものかなにかか？」

「ユーレイのほうが私的にはマシですね。だって、幽霊は服や髪を台無しにしないし……」

新留はヒントにもならないことを言い、次の瞬間、息を飲んだ。

不快な低音が部屋を満たす。ドンと腹に響く地鳴りのような音がどこからともなくしたかと思うと、古いビルの気密性の弱そうな窓という窓がビリビリと震える。

すわ、地震か！　生まれも育ちも関東の久我山は、意識が自然と地震に向かった。机の下にもぐるべきか否か。新留の携帯が、隣のスチール机でブルブル震える。地震速報かと思いきや、部屋が揺れたのは一瞬で、棚もぶらさがりの蛍光灯もゆらりともしない。

そのくせ、社内の面々は顔を見合わせ、口々に『大きい』『デカい』と言い始めた。

「こりゃ昭和じゃねぇな、久しぶりにイッたんじゃないのか」

今は平成ですが？

耳に飛び込んでくる言葉は意味が判らない。

「あいたぁ、ずんばいへがふっどぉ〜」

局長の独り言に至っては論外だ。

——ああ、もう！　こいつら、なに言ってるのかさっぱり判らねぇ。

久我山の苛々《いらいら》も最高潮。ハアとストレスを盛大な息遣いに変えた傍らで、手にした携帯電話の画面に目を落とした新留が、ぼそりとした口調で言った。

「久我山さん、まさかと思いますけど……窓開けて出勤したりしてませんよね？」


まだ夕方五時前だとは思えないほど、西の空は重たく暗かった。

一転掻《か》き曇った空は徐々《じょじょ》に光を取り戻しつつあるものの、西日に照らされて輝くはずの街は、どこもかしこも彩度をなくしたモノトーンに沈んでいる。

「なんだこれ……」

帰路に着くべく表に出た久我山は、思わず口に出さずにはいられなかった。会社を出る前に一通り説明はされたが、灰色に染まった街に唖然《あぜん》となる。

地震のような衝撃波の後、支局長に手招かれて向かった給湯室の窓越しに見たのは、海を隔てた先で高々と噴煙を上げる桜島だった。

新幹線のホームで目にした、ぼやけた煙を笠雲のように被った昼行燈《ひるあんどん》の姿ではない。数百メートルどころか、優に数キロはあろうと思われる標高の倍もある黒々とした噴煙。ここが鹿児島でなければ戦争でも始まったかと思っただろう。

窓の震えは地震ではなく、噴火の衝撃波による空振だった。近年日常的に噴火を繰り返している昭和火口からでは、これほどの空振は起こりづらいらしく、山頂の一つ南岳火口と予想したらしい。だが実際は大人しかったはずの昭和火口のほうで、およそ一年と半ぶりの大規模噴火。ドドンと派手にぶちまけられた噴煙は、天まで届かんばかりに立ち上り、そしてしばらくすると風に流され、分厚い灰色の帯となって街を覆《おお》い始めた。

降灰の始まりだ。

鹿児島市内の夏は、降灰とは切っても切れない関係にある。桜島から西に向かって風が吹き、今夏は市内でも中心部が降灰の影響を集中的に受け、先週も降ったばかりという。

——夏に来る。

二万六千年ほど前、桜島は当時の火山活動で形成された始良《あいら》カルデラに生まれた。最初は北岳、次に南岳。大噴火で豪雪地方もびっくりの灰を幾度となく降らせ、空振はときに県外まで及び、大正時代の噴火では流れ出た溶岩で離れ島が大隅《おおすみ》半島と地続きになった。桜島は、現在進行形で腹にマグマをぐつぐつさせた、世界でも名高い生きた火山なのだ。

地球の営みに人ごときが太刀打《たちう》ちできようはずもない。

桜島を抱えた鹿児島の事情は判ったが、久我山が表に出て驚いたのは、雪化粧ならぬ灰化粧の街の姿だけでなく、人々がまるでうろたえた様子もなく歩いていることだった。

『ずんばいへがふっどぉ～』

あの支局長の独り言も、新留は訳して聞かせくれた。

『たくさん灰が降るぞ。だそうです』

鹿児島弁では、たくさんをずんばい、灰をへと言うらしい。

へってなんだ、へって！

独創的な方言に物申したいところだが、現状はそれどころではない。『部屋の窓、開けて出た』と言うと、引っ越したばかりの久我山は求めてもいないのに帰宅の許しが出て、終業時間より少し早く退社した。

窓を開けたぐらいで大げさな。

確かにこの状況では部屋の中まで灰が入り込んでいるかもしれないが、ちょっと拭《ふ》き掃除をすれば——

そんな悠長な考えは、バスに乗って帰宅するうちに頭から消えていった。

街の景色は家が近づくに連れ、一層灰色に塗り潰されていく。ライトグレーからチャコールグレーへ。暗く、深く。地面に堆積した量は、会社近くの比ではない。十センチは積もっているだろう。

降灰は止んでいたが、空が覆い尽くされた名残か車はみなヘッドライトを灯し、タイヤは水溜りではなく灰を巻き上げる。街路樹は緑の影もなく、赤いポストも色とりどりの看板も、駐車場に並んだ車もみな一様に鼠《ねずみ》色。

やばい、やばい。最早そんな言葉しか久我山の頭には浮かんで来なかった。バスを降車すれば、足が灰に埋もれる。慌てて、人が掃いたか踏みしめたかした場所を選んで家に向かった。

高台に建つ三階建ての低層マンションは、なかなか住み心地もよさそうで、小綺麗なエントランスも女受けしそうだなんて昨日はほくそ笑んだものだが——

様変わりした光景に、今日は迷わずに帰りつけたのが奇跡なぐらいだった。エレベーターに乗って三階に上がると、風向きのせいか通路は拍子抜けするほど無事だったものの、嫌な予感は高まる。

引っ越し作業時に挨拶した管理人は、誇らしげに『いいお部屋でしょう。なんといっても、桜島ビューですからね！』とのたまったのだ。なんだよ桜島ビューって。久我山は内心白けた。市内でも桜島を拝める部屋はそれだけで物件価値が上がるらしいが、ありがたくもない。毎朝、目覚めとともに桜島を拝み、目覚めとともに鹿児島に飛ばされた我が身の不幸を再確認する——自虐《じぎゃく》にもほどがある。

昨日不貞腐《ふてくさ》れた自分は、今なら正しかったと胸を張って言える。火山が拝めるということは、つまり灰のやってくる方角に向けて窓が全開であるということだ。

人はゴキブリ一匹にきゃあと悲鳴は出ても、猛獣がぬっとクローゼットから姿を現したら、もう硬直するしかできない。

玄関ドアを開けた久我山は、声も出せなかった。

灰に埋もれた２ＬＤＫの部屋。

荷解き作業で埃《ほこり》っぽくなった室内をどうにかしようと、晴れマークの天気予報だけ確認して窓を開けて出たのが間違いだった。それ以上に、風通しをよくしようとカーテンまで開けておいたのが最大の過ちだった。

網戸なんて、見た目どおりザルもいいところだ。

「どうすんだよ、この灰……」

脱力してへたり込もうにも、リビングの入口付近まで灰は積もっている。

しばらく呆然《ぼうぜん》としたのち、とにかく暗くなる前にどうにかせねばと意を決し、掃除を始めた。家具の上から灰を取り除くのに小一時間。床の色が隅々まで見えるようになるまでに、また一時間。

部屋が形だけでも元の姿を取り戻してくると、今度は集めた灰のやり場に困った。

「どうすんだよ、この灰……」

本日二度目の言葉を無意識に吐く。とりあえず、通常の燃えるゴミ用に買った透明袋に詰めたものの、始末に負えない。灰は果たして燃えるゴミか否か。そんなことに真剣に頭を悩ませる日が来ようとはだ。

玄関先に土嚢《どのう》のように積み上げようとして、そういえば路地の片隅にも同じく積み上げられた黄色い袋があったのを思い出した。

久我山は慌てて確認に表に出た。

「……克灰袋《こくはいぶくろ》？」

電柱の近くに積まれた黄色い袋の文字を読み取る。どうやら灰を処分する専用の袋らしい。しかし、こんな指定袋があるとは聞いておらず、コンビニでも見かけなかった。

明日、管理会社に訊《き》いてみるべきか。でも、そうこうしているうちに自分だけゴミ……いや、灰を出し損ねはしないだろうか。

――くそ、忌々《いまいま》しい火山め。

毒づきながらも、疲労で項垂《うなだ》れる。途方に暮れ、しかめっ面になる余力すらなくとぼとぼとマンションに戻る久我山は、ふと人の気配を感じて顔を上げた。隣の庭先に人影がある。

隣は戸建ての家だった。立方体をいくつか積んだようなフォルムの、シンプルながらも洗練された今時の家で、その大きさからも生活にゆとりある住人なのは明らかだ。家の中は見えづらい構造だが、ガレージ脇のガーデンスペースが、閉鎖的になり過ぎないようバランスを取っている。

シルバープレートの表札の名は『中馬』。ナカマと読むのだろうか。

花壇の前にしゃがみ込んだ男は、柵越しに近づいてもこちらに気づくことなく、黙々と作業をしていた。花に積もった灰を、デスク用の箒《ほうき》のような小さな刷毛《はけ》で一つずつ丁寧に払っている。いくら広大な庭ではないとはいえ、気の遠くなる作業だ。

こんな灰が降るような土地柄でガーデニングとは、物好きもいいところだ――そう感想を抱きつつも、嘲笑《あざわら》う気分にはなれなかった。

一心に手を動かす男が、真剣に見えたからかもしれない。

哀しげなのか、苛立っているのか。久我山はじっとその俯《うつむ》く横顔に見入ったが、表情はよく読み取れなかった。日没を迎えて辺りは刻一刻と暗くなっており、ポール状のガーデンライトは洒落《しゃれ》てはいるが、照度は低く頼りない。

久我山が柵に顔を近づけると、男はぎょっとしたようにこちらを向いた。

灰の掃除中からずっとマスクをつけており、暗がりに乗じて他人の家を覗き込むなど不審者この上ない。

慌てて久我山は声を発した。

「にっ、庭が大変ですね。せっ、せっかく手入れなさってるのに」

「ああ……いえ、まぁいつものことですから。久しぶりにドカ灰来ましたね」

「どかばい？」

また謎の方言かと思った。字面を思い浮かべ、『ドカ雪』みたいな言い回しなのだと察する。

「あっ、ドカ灰……ですね。なるほど」

「この辺りの方じゃないんですか？」

「きっ、昨日越してきたばかりなんです。東京から転勤で。隣のマンションです。どうもすみません、突然……あっ、久我山っていいます」

口ごもりまくりで挙動不審なものの、男は花々の灰を払う手を止めて丁寧な口調で応じた。

「引っ越して早々これじゃ、びっくりなさったでしょう？　灰はしょっちゅう降りますけど、ここまでの噴火は滅多にないんで、安心してください」

随分、親切で人のよさそうな男だ。

「僕は中馬《ちゅうま》と言います」

「ちゅうま……さん？」

久我山は男を見つめ、マスクの下で繰り返す。声の感じからして年長のようだが、中年と呼ぶほどでもなさそうだ。品よく優しげな隣人に、早くも気を許しかけていたのは確かだった。

「ええ、中の馬と書いてチュウマ。この辺じゃ、チュウマンって読みもポピュラーですけどね。なにか判らないことがあったら、いつでも訊いてください。初めての鹿児島だと慣れないことも……」

「あのっ、灰を入れる黄色い袋ってどこで買ったらいいんですか？　そこの電柱のところに、積んであったんですけど」

「ああ、降灰ステーションね」

降灰……ステーション？　とてもそんな名前で呼ぶような場所ではなく、ただの野ざらしの路肩だ。

男は軽く苦笑した。

「ははっ、そんな立派なものでもないか。桜島の絵の看板が立ってるところでしょう？」

「あっ、は、はい」

「あの黄色の克灰袋は売ってはいないんですよ。自治体が夏が来る前にこの辺一帯に配るんです。この降りだと後で除去車が来たときにまた配ると思うんだけど……ああ、そうだ、うちのを少し分けましょう」

「えっ、い、いいんですか？」

「構いませんよ。ちょっと待っててください」

男は立ち上がり、久我山はドキリとなった。

しゃがんでいて判らなかったが、思ったよりもずっと背が高い。ガーデンライトに背後から照らされたシルエットにふと覚えがあるような気がしたが、鹿児島に知人などいるはずもないので、そのまま家に引っ込む後ろ姿を見送った。

いい隣人でよかった。素直にそう思った。

鹿児島に来る前も、来てからもロクなことがない。火山灰の堆積でできた保水力のないシラス台地のように、心はからっから。荒《すさ》む一方だ。

男はすぐに戻ってきた。

「これくらいあれば足ります？　ああ、そうそう、足りないときはレジ袋で代用も……」

門扉越しに黄色い袋を受け取る。極上のスマイルを添えて感謝の言葉を告げるにはマスクは邪魔で、右手でさっと久我山が外すと、微笑む男が目を瞠《みは》らせたのが判った。

「君は……」

路地の街灯の明かりが、男の顔を暗がりに浮かび上がらせる。

「……あ、あんた」

絶句したのは一秒か二秒か。なにかを成しえるには短すぎる一瞬も、漂う空気が一変するには十分だった。

『ふみちゃん』

思い出した名は、胸糞悪いことにあのバスの割り込み男の声で再生される。ここで会ったが百年目！　そう叫んで大人げない舌戦を再開したいわけではなかったけれど、あろうことか昨日の敵とも知らずに和やかに話をしてしまっていただけに気まずい。

「昨日は……」

男が開きかけた口を、久我山は思わず先手を打って封じた。

「な、なんだよ、やけに親切なお隣さんと思えばそういうことか」

「え？」

「ふん、野郎の隣人相手にだって、そりゃあ優しくもなるでしょうね。若い女が隣に越してきたようなもんだもんな、あんたらにとっては」

「あんた……ら？　なにを言って……」

咄嗟《とっさ》に繰り出してしまった憎まれ口は引っ込めようもない。男の眼差しは、見る見るうちに剣呑《けんのん》なものに変わる。

昨日バスの中で見た、あの目だ。

「まさか、こんなところまで来て、偏見その四とはね……ゲイなら見境なく同性にしっぽを振るとでも？　君は若い女とあれば誰でもそういう対象で、誰にでも下心を抱いて親切にするのか？」

「しつこいな、もういいよヘリクツは」

「君のほうだろう、しつこいのは」

「……帰る。邪魔したな」

踵《きびす》を返し、自宅マンションのほうへ歩き出そうとする背に声が響く。

「久我山くん」

名を呼ばれ、心臓が弾んだ。

なにか期待でもしていたのか。振り返った久我山に飛んできたのは、冷ややかな視線と言葉だ。

「君は人を詰るだけ詰って、礼も言わないつもりか？　いい性格してるね」

「あ……」

胸元にちゃっかり袋を抱いたままである。

「都会の人間は、行儀がいいのがご自慢じゃなかったかな？　ちょっと隣に醬油《しょうゆ》借りようぐらいの気持ちで来たのか知らないけど、普通侮蔑《ぶべつ》した相手から借りようなんて、ずうずうしいことは考えないよね。だいたい、今時醬油の貸し借りなんて絶滅寸前なわけで、それを隣人に求めようって考え自体が……」

やっぱり前言撤回だ。親切なんて思った自分を百万回でも撤回したい。わざわざ神経を逆撫《さかな》でする発言をした自分も自分なら、男のほうもとんでもない皮肉屋だ。

「人の揚げ足取ってんじゃねぇよ。ちょっと忘れただけだろうが、くそったれ！」

鼻息も荒く袋を突き返す。

「べつに返してくれとは言ってないんだけど」

「いらねぇよ！」

この期に及んで寛大ぶろうってのが、余計にムカつく。足取りも荒くその場を去る後ろで、ぽそりとした呟《つぶや》きが響いた。

「随分な変わり身だな」

はっ。久我山は鼻で笑った。

どっちがだ。中指を立てなかっただけマシだと思え、くそったれが。

結局、表に出て得たものが疲労と苛立ちだけであったことは、自宅の玄関ドアを閉じた途端にクローズアップされた。

あと、空腹。げっそりと凹んでいそうな腹を俯いて確認しようとした久我山は、スーツでも小綺麗な部屋着でもなく、くたびれて首の伸びたTシャツと、膝《ひざ》の浮いたスウェットを自分が身に着けているのに気がつく。

灰の掃除用に着替えたのだ。

最悪だ。べつにあんな奴によく見せる必要もないけれど、だらしないところを見られたかと思うと、弱点でも晒《さら》してしまったみたいで気分が悪い。

なにもかもが癪《しゃく》だった。

あの野郎、自分相手じゃなければ、いい人ぶってたくせして——

「……なんだよ、くそっ」

玄関から見通せる部屋の大きな窓からは、闇に沈んだ桜島の代わりに月が見えていた。心なしか、東京で見ていたよりも輝きが強い。

「なにが桜島ビューだ」

わざわざこんな灰のよく降る場所を選ぶなんて、嫌がらせ以外の何物でもない。たぶんあれだ、総務一の美人のリエと食事デートをしたせいで、総務部の男にやっかまれたのだ。

——ケツの穴の小さい奴め。そんなんだからテメエは相手にされねぇんだよ。

リビングまで行くのすら億劫《おっくう》で、久我山は玄関に積んだ灰のレジ袋の上にへたり込もうとして顔を上げた。

部屋の奥で微《かす》かなメロディが聞こえる。テーブルの上に置いた携帯電話だ。

メロディに合わせ、ジージーと虫の鳴き声みたいに震える電話の元へ向かい、まだ灰でざらつきの残るテーブルから掴み取った。

苛立ちのままに険しい顔して着信を確認する。メールの送信者を見ると、急に毒気でも抜かれたみたいに久我山の眉間からは刻みつけた皺《しわ》が失せた。

——夏見《なつみ》。

シンプルに登録した名前は、女性の名だった。

『鹿児島はどうですか？　昨日返事がなかったから気になっています』

やや硬い彼女の文章からは、久我山に対する自責の思いが溢《あふ》れている。

もう何度も聞いた言葉。

『私のせいで、ごめんなさい。こんなことになるなんて思わなくて。週末、そっちに行ってもいいですか？　直接会って話がしたいです』

ブラウンのファブリックのソファに腰を落とすと、布の繊維に入り込んでいた灰が舞い上がる。それにも気づかないほど、画面に視線を落とした久我山は、少し考えてから返事を送った。

『もう気にすることないよ。こっちは着いた早々から大歓迎されて楽しくやってる。なかなかいいところでさ、週末はみんなと早速ドライブに行く予定なんだ。知ってる？　桜島ってさ、大隅半島と陸続きなんだよ』

アスファルトにしゃがみ込んだ久我山のうなじを、汗は髪の襟足《えりあし》からじわりと不快に伝い、白いコットンシャツの内へ消えた。背後の木の梢《こずえ》からは、びっしりと張りついて並んだ蝉《せみ》が、肌を焼く日差しの擬音であるかのように喧《やかま》しく鳴いている。

鹿児島へ越して初めての日曜。ちょっとは遠慮してくれてもいいほどの真夏の太陽の下、久我山が出かけようと部屋を出たのは、正午前だった。

『こっちもいいお天気だから、ドライブにでも行こうかと思って〜。ソウタが連れて行ってくれるって。あ、ソウタ覚えてる？　先月の合コンで会った……』

耳元の携帯電話からは、またタイミングを合わせたように電話をかけてきたマリノの声が響いている。久我山は無表情に……いや、やや眉を顰《ひそ》めて前を見ていた。

アニメのネコが描かれている。隣にはケンカ仲間のネズミと犬のオジサンもいる。悔しいが結構上手い。何故《なぜ》悔しいかというと、描かれている場所が自分の車の横っ腹だからだ。

駐車場に停めた車は、先日のドカ灰の後に早起きして綺麗にしたばかりだというのに、早くもまた薄く灰を被っている。愛車はただでさえ埃《ほこり》の目立つ濃紺で、灰に指でこんな落書きをされたままではとても乗れない。

おそらく近所の子供の仕業だろうが、ボンネットには猫が集会でもやったと思《おぼ》しき足跡まで縦横無尽に走り回っている。

『誉、どうしたの～？』

沈黙してしまった久我山に、なにも知らないマリノはのん気だ。

「べつに。はいはい、ドライブよかったね」

『えー、なに、もしかして拗《す》ねてる？　そっちに住んでたら、誉に桜島に連れて行ってもらうんだけどなぁ』

「バカ、桜島なんか冗談じゃない、誰が行くかよ。諸悪の根源みたいな山だぞ」

ばっさりと返せば、マリノは『誉、怖～い』とまるで怖がってなさそうな調子で応えた。どのみち千キロオーバーの距離を隔てた東京と鹿児島の間では、なんの現実味もない。

不毛な会話を終えると、当初の予定どおり近所のショッピングセンターに向かった。愛車がネコ＆ネズミの痛車になったせいで徒歩だ。

高台から住宅街の道を下る間、『諸悪の根源』を睨み据えて歩いた。青空の下にコントラストもくっきりの火山島。

猫被りやがって――

今日はまるで観光案内のポスターみたいな澄まし顔だ。

しかも暑い。鹿児島の夏は自分がぐんと南に移動しているのを感じさせる。植樹からしてシュロやソテツが目立ち、日差しはただ暑いというより痛い。

ショッピングセンターに着いた久我山は、とりあえずセンター内のレストランで涼みがてら昼食を取り、目的の買い物を始めた。

同じ敷地内の隣の建物である電器店に移動しようと、屋根のある外通路を移動していたときだ。店の自動ドアが開いて、中から出てきた背の高い男と目が合った。

「……あ」

どちらからともなく声を上げた。

中馬だ。生活圏が被るどころか、隣人とあっては随所で顔を合わせても不思議ではない。素知らぬ顔で行き過ぎようとしたというのに、足を止めた中馬は不躾《ぶしつけ》な視線を送ってくる。

「なにか？」

「いや、こないだとは雰囲気が違うと思って。白シャツとはなかなか勇者だね」

久我山は普段は休日でも乱れた格好などしない。さすがに糊《のり》まで効かせはしないが、軽くアイロンをあてた白いシャツにコットンパンツ。抹消したいよれよれのスウェット姿と比較する男に、眼差しは据わる。

だいたい勇者ってなんだ。

「なに着ようと俺の勝手だ」

「まぁ、それはそうだけど……車かな？」

「……歩きだよ。それがなにか？」

いちいち好戦的に語尾を跳ね上げる久我山に、中馬は困ったような顔で苦笑した。

「いや、ちょっと気になっただけで……」

中馬はなにを思ったか、不意に言葉を飲んだ。東の空のほうを振り返り見ると、パンツのポケットから携帯電話を取り出す。

「ああ、帰らないと。君は？　車で送ってもいいけど」

「え……」

「って、走る密室で一緒なんて嫌に決まってるか。ゲイは常に下心いっぱいの要注意人物なんだっけ？」

「そこまで言ってない。つか、俺はまだ買い物があるし」

「そうか……じゃあ、まぁ気をつけて」

気をつけてってなんだ。首を捻《ひね》りそうになりつつも、むすりとした表情のまま久我山は中馬と別れる。

電器店の入口で、急ぎ足で出る客数人と擦れ違った。どいつもこいつもなにをそんなに急いでいるのか。広大な駐車場のそこかしこで車に乗り込む人の姿は、心なしかみなバタバタとしていて気忙しい。

久我山は訝《いぶか》りつつも、店で洗面所用のＬＥＤ電球と予備の電池を買った。増えたレジ袋を手に提げ、ショッピングセンターを後にしようとすると、憎たらしいほどの晴れ空だったのに、いつの間にか雲が出て日差しが幾分和らいでいた。

——ラッキー、今のうちに帰ろう。

勇んで歩き出したものの、まだ三時にもなっていないのに周囲が暗くなってきた。夕立でも来るのかもしれない。

濡《ぬ》れたら嫌だな……と天を仰いだ久我山は、やけに空が低いことに気がつく。

深い霧のような黒い雲が、すうっと頭上に忍び寄るかのごとく覆い始め、まさかと思ったときには雨粒ではない灰色の物体が天から急襲した。

「……ウソだろ」

降灰だ。

でも噴火の気配はなかった。どんともすんとも鳴らさずに灰だけ降らせるとは、どういう了見だ。

「いてっ……ちょっ……」

地球の営みにケチをつけている場合ではない。

灰はパラパラと鳴った。街路樹の葉を叩き、アスファルトを打ち、久我山の肌もピシリと打つ。灰といっても紙の燃えかすやなにかが、ハラハラと空をはかなげに舞うのとはわけが違う。

今久我山を襲っている灰は明らかにそんな繊細なものではない。

痛い痛い。のた打ち回るほどではなくとも、痛いものは痛い。うろたえる久我山を余所《よそ》に、前方を歩いていた女性はカゴバッグから取り出した傘を事もなげに差した。女だけではない。見れば道路越しの歩道を歩く男も、晴れの予報にもかかわらずしっかりと傘を差している。

誰も彼もが、相変わらずの冷静さだ。空から妙なものが降り始めたというのに、ちょいと日差しでも避けて歩くかのように顔色一つ変えない。

久我山だけが、ギャーだのヒーだの叫びたい思いで家路を急いだ。

身を打つものにシャツは色を変える。白いシャツはあっという間に水玉の斑《まだら》模様。髪はセメントでも被ったみたいな有様で、身なりを気にしていられたうちはまだよかった。

痛くて目が開けていられない。目に灰が入り込み、激痛に泣きたくなる。実際、涙が溢れた。

車道にはライトを点灯した車が行き交う。走り去る車は後ろ砂でもかけるように灰を巻き上げ、それがまた通行人である久我山の目や鼻を攻撃する。

『灰宿り』の場所を探す余裕もないまま、とにかく家を目指した。涙をポロポロ零《こぼ》しながら住宅街の坂を登っていると、自宅マンションまであと僅《わず》かのところで声をかけられた。

「……おかえり」

庭の様子を見に出たらしい、隣の家の住人だ。

「大丈夫……じゃないみたいだな」

その言葉に心にピンと張った糸が切れた。

「あっ、あんた、なんで教えなかったんだ！　灰が降るの気づいてたんだろっ！」

「君、泣いて……」

「灰が目に入ったんだよ、くそっ！」

「バカ、やめろっ！」

眦《まなじり》を指の背で拭《ぬぐ》おうとすると、飛んできた男に腕をひっつかまれた。

「バカって、あんたなぁっ……」

「火山灰の成分はガラスなんだよ！　危ないから絶対に擦ったらダメだ！　そのままで、こっちに……」

引っ張られたのは庭の中……いや、家の中だ。

玄関のほうへと連れられた久我山は、戸惑いつつもされるがままだった。目が痛くて本当にもう開けていられなかったのもあるし、左腕に覚える中馬の手の感触が強引ではなく優しかったのもある。

「こっちだ。足元、段差に気をつけて」

真っ直ぐに洗面所に案内され、レバーを起こして水を出すところまで手伝ってもらい、洗浄を促される。目だけでなく、不快な顔もついでに洗った。顔までさっぱりすれば、今度は灰をもろに被った髪や服が気になる。

からだ。

「ついでにシャワー浴びてく?」

久我山は頷《うなず》いた。反論一つせずに従ったのは、そんな気力も根こそぎ降灰に持っていかれた

「着替えは適当にそこに置いておくから」

そう言い残して中馬は一旦《いったん》出て行き、久我山はシャワーを借りて浴びた。

広くて真っ白な、中馬らしい清潔なバスルームだ。中馬らしい……って、まだなに一つ知らない男なのにと、自らツッコミを覚える余裕も、頭のてっぺんから爪先までピカピカの自分に戻れば出てくる。

いつの間に置いたのか、バスルームを出るとタオルと一緒に着替えが用意されていた。

身長差のせいで、コットンパンツは裾《すそ》の長さも腰回りも余る。結局またださしない姿を晒すのかと思ったけれど、文句を言える立場ではない。Tシャツは下ろしたてのようだった。

至れり尽くせり。揃《そろ》え置かれたスリッパを履き、中馬の姿を捜した久我山は、広いリビングのソファで開いた本に視線を落としている男を見つけた。家の中はとても静かで、ほかに誰かいる気配はない。

「どうも……おかげで助かったよ」

ぎこちないながらも礼らしき言葉を発せば、中馬が読み耽《ふけ》っていた本から顔を起こした。

「怒ってたんじゃなかったの?　俺が教えなかったせいだって」

「それは、まぁそれっていうか……」

言葉を濁すと、男は苦笑した。

「な、なんで灰が来るの判ったんだ？」

「予報が出るんだよ。風向きのね」

「それは知ってるけど……天気予報で毎日やってる、鹿児島上空の風向き予報だろ？」

こっちに来て、ローカル局のニュース番組をチェックするようになって知った。日々洗濯物を干せるか否かは、市民にとって重要な情報だ。

背凭《せもた》れの低いかっちりとしたラインの白いレザーソファに座った男は、ローテーブルのスマートフォンを手に取り、身を乗り出して画面を翳《かざ》し見せた。

「今はリアルタイムで知らせるアプリもある」

「……へ？」

「緊急地震速報みたいなものでね。噴火して降灰が予想されると、風向きや到達予想時刻が通知される」

中馬とときを同じくして、慌ただしく帰って行った客たち。

「そんなもんが……け、けど、あんたは予報前に気づいてなかったか？」

「噴火音が聞こえた。結構大きいなと思って」

「そんなの聞こえなかったぞ。どういう耳してるんだよ」

「慣れればそのうち判るようになる。夕立が来そうな風とか、空の匂いとか、君も感じることがあるだろう？」

「白のシャツにケチつけたのも？」

「灰にやられると、洗っても落ちないからね。白や黒は特に灰の汚れが目立つ」

白い服も黒い服も駄目って、冠婚葬祭はどうするんだと言いたくなる。

県民のご先祖様は、なんだってこんな土地に家を構えたんだか。

久我山は濡れた髪をくしゃりと掻き上げ、大きく溜め息をついた。

「毎日のように降灰降灰って。一体、年に何回降るつもりなんだよ」

「五百回」

「えっ……」

「火山活動も活発期に入ってるから、今年は倍以上はいくだろうね」

「ば、倍って……千回？」

「って言っても、それは噴火の回数だから、灰が降るかどうかはまた別だけどね。降っても埃程度だったり。秋になれば風向きも変わるし、しばらくの辛抱だよ」

「しばらくって、まだ八月にも入ってないってのに……」

歩み寄って覗き見た窓の向こうは、ゲリラ豪雨でも去った後のように、知らぬ存ぜぬの顔をした夏空が覗いている。変わり身が早いことこの上ないが、路面を覆う灰色がなによりの証拠だ。

手入れの行き届いた庭だろうが愛車だろうが、灰はお構いなしに平等に降り注ぐ。

――また今日も灰を払う作業をするつもりなんだろうか。

降灰の度に繰り返すなんて、不毛にもほどがあると思うけれど、放置すれば花や緑は埋もれたままだ。

「ガーデニングとか趣味なんだ？」

「え？　ああ……庭ね、べつに好きじゃないけど」

「好きじゃないならなんでやってんの？」

『え』はこっちが言いたい。思わず驚いて振り返り見ると、目が合おうとした瞬間、するりと躱《かわ》すかのように中馬は開いたままの本に視線を戻した。

「そうだね、そこに庭があるからかな」

「……なんだよ、それ」

山登りじゃあるまいし、ふざけている。

「表から丸見えなのに庭が荒れてたら格好がつかないだろう？　放っておいたら雑草も生えるしね。一軒家なんて買うもんじゃないよ。ご近所の人が通りがかる度に柵越しに庭のチェックして行くんだ。神経もすり減る」

するするとその口から発せられる言葉は淀《よど》みなく響いたけれど、あまりに引っかかりがないせいか逆に気になった。

それほど見栄っ張りなタイプには思えないし、お飾りの庭なら、屋根つきのサンルームにでもすれば灰の後始末はぐんと楽になる。

拘《こだわ》りがあるのではないのか。

久我山が疑問を口にするより早く、中馬はハードカバーの本をぱたりと閉じると立ち上がった。

「悪かったね」

「え……」

「灰が降るから帰ったほうがいいって、ちゃんと言ってあげればよかったのに。買い物するっていうから、降灰が落ち着いてから帰るものだとてっきり」

『コーヒーでも飲んでく？』と問う男は、久我山が曖昧《あいまい》に頷くと、キッチンとの間の広々としたカウンターに置かれたエスプレッソマシーンに向かう。

「この家ってデカいけど、一人暮らし？」

「そうだよ。男と暮らしてるとでも思った？」

「いや、そ、そういうわけじゃ……あんたって、仕事はなにやってる人？」

「内科医だよ」

「……医者か。なるほどね」

年齢にそぐわないリッチな生活に、品位があると言えなくもない物腰。

「ただの勤務医だよ。鹿児島セントラルクリニック。ここからそう遠くないから、君も行くこともあるかもしれないね。風邪ぐらいなら治してあげられる」

「風邪ぐらいって、ヤブじゃねぇかよ」

すかさず突っ込むと、中馬は『ははっ』と笑った。

しょっぱなからいがみ合っていたから、声を立てて笑うところなど初めて聞いた。

「そういう久我山くんは？　君は、仕事はなにをやってるの？」


八月に入っても、鹿児島支局は相変わらず緩みきった空気が漂っていた。支局長は午後は懇談会があるなんて言っていたが、立ち上がったのは昼食の後たっぷり二時間もデスクでだらだらと過ごしてからだ。他人の空似の維新の三傑も冥府《めいふ》で呆《あき》れる。

「そいじゃ、いたくっで。きゅはゆしもあっせ、おすなってね」

「それじゃ、行ってくるよ。今日は用もあるから遅くなる。だそうです」

支局長が発言する度に、久我山の隣では新留がぼそりと訳を告げた。

まるで異国の地に飛ばされ、通訳でもついているかのようだ。

「そうだ久我山さん、アメ食べます？」

新留は、思い出したように机の引き出しから飴《あめ》を久我山に差し出す。やや強引に押しつけられた飴は、包みを裂いて口に放ってみると珍妙な味わいが舌に広がった。

「たこ焼き味です。今別府さんが、春に出張で大阪に行ったお土産《みやげ》に買ってきたアメで」

持て余していたに違いない飴は美味とは言い難いが、久我山はそれよりも気になったことがあった。

「新留さん、飴の発音がおかしくないか?」

「え……」

「アクセント、アが強い。それじゃ空から降る雨のほうだろ?」

「あ……こっ、この辺じゃ発音が逆だったりするんで」

言い訳する彼女は、焦りでやや顔色が赤らんでいる。

珍しいものを見たと思った。久我山には異性としてまるで関心のなさそうな、いつもマイペースな新留だ。どんな素敵な恋人がいるのかと思いきや、偶然目に飛び込んできた携帯電話の待ち受け写真は、腹の突き出た中年オヤジ。まぁ、人の好みは千差万別である。

ともかく、標準語はそれなりに意識してのことらしい。

久我山は、ふと思い出して尋ねた。

「そういえば、鹿児島で中馬って名字はそんなに多いのか?」

「中馬? そうですね……多いといえば多いですけど。中村《なかむら》さん田中《たなか》さんほどたくさんいるわけじゃないですよ？」

「ふうん……中馬医院って聞いたことある？」

今朝、バスでなく市電で通勤しようとして、電停のすぐ近くに『中馬』の名を掲げた大きな病院があるのに気がついた。

隣人と同じ名前であるのは、ただの偶然なのか。

「久我山さんの家の近くの中馬医院やったら、有名ですよ。整形外科でしょ？　評判よくて、祖母も通ってましたから」

島の向こう側から応えたのは、女子事務員の中村だ。

「中村さんのお祖母さんが……」

「今の先生は三代目やとか。かなり昔から続いてる病院みたいですね」

「そうなんですか」

医者家系の二男三男で、病院を継ぐことは考えずに別の科目を選んでいたり、親戚ということもあり得るのか。

パソコンのキーボードを叩《たた》きながら考えていると、なにやら満足げな新留の声が隣で上がった。

「よし、できた〜」

「できたってなにが？」

「観光協会のコンペ用の企画案です。まだコンセプト出しなんです。でも支局長に見てもらおうと思って」

「観光協会って、公共コンペを君一人で?」

「若い人向けの新しいPR広告を立ち上げるとかで、でも扱いはサブ広告なんで……それに、ここだけの話、コンベンションビューローの仕事って、競合は形ばかりで実質は地元代理店の指名だって噂あるんですよね。まぁ勝てたためしがないからなんですけど」

また地元、地元か。

「……ふうん、で、それなんだ?」

覗き見た新留の机の上のプリントアウト済みの資料には、マウスで描いたような線の怪しい灰色の生き物が載っている。怪しいが、どこかで見たような絵面だ。

「ああ、私の考えたゆるキャラです。PRの要にしようと思って」

新留の掲げ見せた資料には、灰色の熊の名前も書かれている。

「くまドン……って、ダメだろこれは!」

「え、可愛くないですか? 西郷《せご》どん、桜島どん、かすたどん、くまドン! くまチンも可愛いと思ったんですけどねぇ、チンはちょっと……使いようによっては下品じゃないですか〜」

そこじゃねぇよ!

「パクリじゃないか、完全に!」

「違いますよ！　なに言ってんですか、鹿児島にも熊はいます。動物園のマレーグマですけど……桜島カラーの灰色で表現して、くまドン？」

「アホか！」

「アホって……なんですか、熊は熊本《くまもと》だけのものだっていうんですか！　だいたい九州に野生の熊はもう生息してないはずなんですからね！　なのに、ゆるキャラに使うっていうなら、鹿児島にだって権利はあります」

「そういう問題じゃねぇだろ。つか、熊本って言っちゃってるし。こんなの出したら大炎上だぞ」

いつも無表情に本人に聞こえていようが支局長の方言を訳すだけあって、新留は豪胆らしい。もしくは、逆になにか仕事でトラウマでもあるのか。

「炎上上等です。今時、いい子にしてたって売れる時代じゃないんですから」

据わりきった目で言い切る。

「考え直せ。炎上の前にコンペを通るはずがない」

「そんなこと言うなら、久我山さんがやってくださいよ」

「俺はそんなに暇じゃ……」

結構、暇である。

昭和の遺物みたいな深夜のスポットＣＭの期間もののバージョン制作だの、それなりに仕事はあるがどれも小物すぎて久我山の株を上げるものではない。

そう、本社に返り咲くには誰もが目を剝《む》く実績を上げる必要がある。

「ブリーフィングの資料、見せて？」

依頼内容をまとめた資料を新留から受け取った久我山は、一気に目を通した。若い年齢層に的を絞った観光ＰＲのＣＭ作りがメインだが、地方局の旅番組とのタイアップや、各種キャンペーン、今時の多角的広告戦略では外せないインタラクティブ広告の仕掛けまで。サブ広告とはいえ、勝ち得れば今別府たちのＷｅｂの制作部とも組む必要のある規模だ。

いや、支局総出でも人手が足りない。

「これって、出しはいつ？」

プレゼンの日程だ。

「来月頭ですけど……」


仕事帰りに中馬と出くわしたのは、翌週だった。

天から降るものはなにも灰ばかりではない。たまには水蒸気の凝結した水の粒が、重力に負けるほど成長して落ちてくることもある。

日本では珍しくもないもの。雨だ。

夏の天気は崩れやすい。雨の予報など出ていなかったのに、帰宅途中に降り始め、市電の路面電車を降りる頃には本降りになっていた。車道はさながら黒い水面のようで、アスファルトに埋設されたレールの上を、電車は掃《は》け切れない雨水を切って走る。なかなかにシュールな光景だったが、眺める余裕はなく、道路を渡ったところにあるビルの階段口に駆け込んだ。

あっという間にびしょ濡れで、同じく避難してきたのが中馬だった。

「久我山くん？」

同じ電車とは気がついていなかった。

仕事帰りだろうと思うが、会社員でない男は今日もノーネクタイのシャツだ。互いに傘を持っておらず、久我山が濡れたスーツの肩をバタバタと払う傍らで、中馬もゆったりとした仕草でシャツの雨粒を払いながら言った。

「まさか降るとは思ってなかった」

「降灰予想は立っても雨は判らないのかよ」

「残念ながらね。歩いて帰るのは厳しそうだけど……君、夕飯の予定は？」

「……え？」

「一緒にどうかって訊いてるつもりだけど」

まさかの食事の誘い。

本降りの中、二十分も歩いて帰るのは確かに厳しい。急な雨に通りを走るタクシーはみな賃走状態で、このまま空腹を抱えて雨宿りを続けるのも時間の無駄だ。

すぐそこの通りに美味《うま》い居酒屋があると教えられると、ぐらついた久我山の気持ちは固まった。

週の真ん中の平日にもかかわらず、店はほどよく混んでいた。奥のテーブル席に案内され、とりあえず二人ともビールを頼んだ。

中馬がさらりと言う。

「今日はご馳走《ちそう》するよ。こないだ灰まみれにしたお詫《わ》びに」

「べつにあんたが降らせたわけじゃ……」

礼をするなら世話になった自分のほうだろう。反応にまごつけば、中馬は湿った髪を撫でつけるように掻き上げながら微かに笑った。

「そんな顔しなくても、下心はないよ？」

「ちっ、違っ……」

「たまには雨のサプライズもいいもんだね」

フードのメニューを広げながらの中馬の言葉に、久我山は唐突に違和感を覚える。

「あんたってこっちの人間じゃないの？」

芽生えた疑問をそのまま零せば、『季節のもの』と毛筆で書かれたページに落とした視線を中馬は起こした。

どことなく空気がピリッとしたのを感じたのは気のせいか。

「どうして？」

問い返す男の声は相変わらず穏やかだ。

「いや、雨の発音が訛《なま》ってないからさ」

元々言葉遣いの丁寧な男だから、標準語で話すのはあまり気にしていなかった。気さくさを過剰に演出したいのでなければ、医者という仕事にも方言は不要だろう。

けれど、アクセントすら新留のような乱れがない。

「雨か、そういえば意識したことなかったな。ずっと向こうに居たからね」

「向こうって……まさか、東京？　進学とか就職で上京したとか？」

「まぁ、そんな感じかな。大学も向こうだったし、卒業してしばらく勤めた病院もね」

つまり、バスの中で県民代表のように言い争ってた男の片割れは、けっして外を知らない男ではなかったということだ。

「なんで戻ったわけ？」

「いろいろあってね」

『いろいろ』とはまた、ずいぶん便利な言葉を持ち出す。追及したいような、するのはまずいような——だいたい、どうして興味を覚えているんだと自問自答するうちに、中馬が「なにか食べたいものある？」と注文を促した。

ちょうどビールも来た。特に祝うこともないので、『お疲れさま』と無難に出されたグラスに『ん』と一文字だけ応えて飲み始める。

「それで、君は？　鹿児島はどう？」

「どうって、楽しんでいるように見えるか？」

生活は様変わりして、今は忙しい仕事の合間にプライベートを充実させる時間のやり繰りよりも、鹿児島上空の風向きに関心を寄せる毎日だ。引っ越して半月の間に、女友達からの連絡も途絶え、マリノからはついに合コンのメンバーの愚痴さえ届かなくなった。

二十代にしてすっかり枯れている――

突き出しの小鉢を引き寄せるのに邪魔で、メニューを壁際のスタンドに戻そうとして、久我山は『あっ』となった。テーブルの向こうから同時に伸ばされた男の手と触れ合う。

久しぶりに感じた他人の体温。驚いて手を引っ込めたところまではまだよかったが、感触を消そうとでもいうようにシャツの胸元で拭ってしまい、目が合うと気まずさが湧き起こった。

「あっ、これはべつにあんたがゲイだからとかじゃなくてだなっ……」

「君って、もしかして……潔癖症かなにか？　恋愛経験ないの？」

「へ……」

思いがけない方向からの指摘に、完全に虚を突かれる。

「ばっ、バカ、なに言って……あるに決まってるだろ。こう見えて……いや、見た目どおり女

「経験ぐらい豊富にある。鹿児島に飛ばされたのだって、女のことで揉《も》めたせいだしな。横取りしたのしないの。モテない奴は一人の女への執着が半端ないからめんどくさいのなんのって」

　まるで胸を張る内容ではないにもかかわらず、狼狽《ろうばい》のあまり得意気になる。飲もうと口をつけたグラスを唇から引き離してまで、久我山は語り尽くした。

「だいたい、いい年した男がみっともねぇんだよ。SPの課長なんだけどさぁ。あ、SPってセールスプロモーション部ね、ざっくり言うと販促のキャンペーン企画したりそういうところ。べつにどこの部門が上とか下とか言わないけど、あの年で課長どまりとか、無能もいいとこ。そりゃあ、彼女だって俺のほうを好きになるでしょ。顔も才能も将来性も、どことっても上なんだから。諦《あきら》めて身を引いとけって話だよ、往生際の悪いオヤジめ」

　同じく口をつけたグラスから唇を離した中馬は、呆れ声を発した。

「君さ、今更あえて言う必要もないけど……性格悪いって言われない？」

「言っとくけど、陰口じゃねぇから。同じこと、あの男にも言ってやったし」

「なるほど。悪いんじゃなくて、極悪か」

「おかげさまで、こうして飛ばされて鹿児島で野郎と飯を食わせてもらってるよ。将来性も大暴落。けど、いつまでもここで燻《くすぶ》るつもりはねぇから。今狙《ねら》ってるコンペもあるし」

ふんと鼻を鳴らし、ぐびとビールを飲んだ。

「で、その彼女とはどうなってるの？」

「え……そ、そりゃあもう、俺がいなくなって淋しがっちゃって。こっちに来たい、会いたいってメールがもうしつこいのなんの！」

「ふうん、今は遠距離恋愛ってわけ？」

「いや……べつにそういうわけでも……」

詳しく聞かれそうになると、久我山の反応は途端に鈍る。会社の休みに鹿児島まで行きたいと夏見から何度かメールが入っているのは本当だが、その度に断っている。

「なんにせよ、顔だけでそこまでモテるなら大したもんだ」

「だけじゃねぇって」

「君の仕事ぶりについては、僕は知らないからね。でもまぁ……確かに、十分ではあるか」

『なにが』とは中馬は言わなかった。

ただじっとテーブル越しに久我山の顔を見つめる。

柔らかなカーブを描いた栗色の髪。女のように化粧を施しているわけでもないのに、滑らかな肌。自分の見栄えのする容姿のことならよく知っている。今朝も鏡で見た。

けれど、中馬に見つめられると、喉仏《のどぼとけ》を白い首筋に上下させるだけでも躊躇《ためら》ってしまい、久我山はビールすら飲めなくなった。

「そ、それで」

　ぎこちなく言葉を発する。

「ん？」

「それでさ、あのずうずうしいホモ男は見ないけど、元気にしてるのか？」

　特に興味があったわけではない。むしろ遭遇などしたくない男の動向を、久我山は話の繋《つな》ぎに尋ねる。

　中馬は眉を顰めた。

「相変わらずだな、君は」

「なにが？」

「言葉遣いだよ。広告代理店勤務にしちゃ、無頓着すぎやしないか？　ホモっていうのはね、差別的な言葉だよ」

「え……」

「自分でホモなんて言う同性愛者はいないだろ。まぁ自虐的なニュアンスで使う人はいるかもしれないけど、君は慎んだほうがいいんじゃないかな」

　いないと言われても、直接語り合った経験がなかったから判らないけれど――

「そうか……そういえばそうかもな」

現役がそういうのなら、間違いではないのだろう。

それから、見開かせた目をすっと細めた。

久我山が素直に問えば、自分から言い出したくせして中馬は驚いた顔だ。

「じゃあ、なんて言ったらいいんだ。ゲイは大丈夫だっけ？　同性愛者？　長ったらしいのは、いちいちまどろっこしいんだけど……あんたはなんて呼ばれたいんだ？」

「中馬」

口元に薄い笑みを刷《は》いて言う。

「普通に苗字で呼んでほしいな。そんなカテゴリーわけじゃなくてね」

「えっと、中馬……さん」

ぽそりと口にしてみる。

「よくできました」

「ばっ、バカにすんな。あんた、なんか俺のことガキ扱いしてないか？」

「いいから今夜は飲もう。君、酒は強いほう？　美味い焼酎《しょうちゅう》もいろいろあるよ。ここは鹿児島だからね」

鹿児島といえば芋焼酎だ。サツマイモの産地であるのだから当然といえば当然か。

注文した料理も次々とテーブルを占拠し、二杯目から早速焼酎を飲んだ。

この店は地酒が豊富で郷土料理も外さないと聞いたのも、行く気になった理由だった。胃袋を満たしたいがためだけの欲求ではない。なにか鹿児島をＰＲする上でのアイデアを得られるかもしれないと期待したからだ。

新留が適当かつ無茶な仕事ぶりで片づけようとしていた観光協会のコンペに、久我山は本気で臨もうとしていた。ライバルは地元企業。付け焼き刃の知識で凌《しの》げる相手ではないが、なにもしないで手をこまねいているよりはいい。

「なぁ……中馬さん、鹿児島が誇るものってなに？　桜島以外で」

「唐突だなぁ。桜島以外？　いろいろあるよ。芋焼酎、さつま揚げ、黒豚、鹿児島ラーメン……」

「食い物ばっかりじゃないかよ！」

久我山の的確な突っ込みに、男は楽しげにハハッと声を出して笑った。

笑うとやっぱり眦が下がって、柔らかなハンサム顔が際立つ感じがする。

「なにが鹿児島のものなんだか、もう馴染みすぎて注視しなくなってしまったよ。昔はお酒はワイン派だったんだけど、美味しい地酒を患者さんに教えてもらってね」

焼酎グラスを傾ける中馬は、過去を思い返してか目を細めた。

「こっちに越した頃の新鮮さが懐かしいな。そういう意味では君が羨《うらや》ましいね」

「羨ましいって……灰の始末におろおろして、要領悪く被って泣いて大騒ぎして、八つ当たりで人の手を煩《わずら》わせたりすることが？」

盛大に自虐しつつ言うと、否定するどころか中馬は頷いた。

「うん、いいね。新鮮って、なにより大事だと思わない？　大人になると大きな失敗が減る代わりに、ワクワクするようなことも減ってしまうだろう？　特に最近はネットで調べればなんでも出てきて、お土産品だって通販で買えてしまう。だから、その土地に行かないと経験できないことって、たとえ失敗や不自由でも貴重だと思うんだ」

久我山は箸《はし》を宙に浮かせたまま、思わず話に真剣に耳を傾けてしまっている自分にはっとなる。『ふうん』と無難に相槌《あいづち》を打ちつつ、きびなごの天ぷらに箸を伸ばした。

「君もある意味、新鮮だけどね。他人に噛みつかれたのなんて、この年になって初めてだったよ」

「いいね、飲んでも皮肉は絶好調だ」

本気か冗談か判らない言葉の応酬ののち、二人はどちらからともなく笑った。

中馬が「ああ」と思い出した声で言う。

「そうだ、君も雨の後の鹿児島は好きになるんじゃないかな。灰が洗われるとすごく気持ちがいいんだ」

八月も下旬が近づき、晴天となった日曜日は、風向きも上々で絶好の洗車日和になった。中馬が家のガレージ前の屋根つきスペースを貸してくれるというので、言葉に甘えて洗車に励む。

「ゴーグルよし、マスクよし、風向きよし」

手術台を前にした外科医のように確認する久我山は、傍らに立つ中馬にチラと目線を送ったのち、大きな毛ばたきを構えた。

鹿児島市内での夏場の洗車にはコツもあるという。

「返事がまだみたいだけど、これは消してもいいの？」

マスクもせずに手伝うつもりらしい中馬が目線で指したのは、ボンネットの灰の落書き文字だ。今回は伝言板状態。『子猫ください』『↑何匹？』などと、ふざけたメッセージが書かれている。

「くそっ、綺麗さっぱり消してやる。人の車をなんだと思ってんだ！」

「手前の駐車場だと目につくし、悪戯《いたずら》の的になる確率は上がるかもね。豪雪地方だと奥のほうが嫌らしいけど」

「なんで？」

「道路までの雪かきの距離が長くなるからじゃないかな」

「へぇ……」

東京に住んでいると気づかなかったが、マイカーの駐車一つとっても、地方によって特色があるらしい。

――面白いな。

ふと頭に浮かんだ言葉に、久我山は自分で驚いた。なにが面白いんだか、来て早々から灰には悩まされているというのに、絆《ほだ》されすぎにもほどがある。

むっとマスクの下で口を引き結び、中馬に借りた毛ばたきでまずは車の灰を払い始めた。成分がガラスというだけあって、火山灰は通常の汚れよりもボディに傷がつきやすい。スタンドの機械洗車なんて、洗浄ブラシに無数の車から落とした灰が残っていて、洗車すればするほど傷だらけになりかねないという。

陸送でマイカーをわざわざ引っ越しさせる程度には車に愛着もある久我山には、ぞっとする話だ。

「スポンジもね、普通ならボディに優しくていいはずなんだけど、密着しすぎる素材だと残った灰の粒子で傷をつけかねないから。適度に圧力がかかりにくいものがいいんだ」

「ふうん、スカスカのスポンジでいいってこと？」

ひょいとスポンジを一つ投げ渡された久我山は、慌てて受け取る。

洗いは二人がかりで黙々とこなした。

優しく、けれど素早く。我儘《わがまま》な女にでも付き合わされるような洗車も、愛車のためなら許せるのは恋愛と一緒か。

ふざけた落書きも消えた久我山の車のボディは、元の深海の色のような濃紺の輝きを取り戻す。

「洗いも仕上げも、とにかくスピードかな。のんびりやってると、そこらで舞い上がった灰がまた付着してくるからね。その日降らなくても、前の灰がどこかしら残ってるし」

「なるほどね……オススメの道具、今度買いに行くからどこのやつか教えてよ」

借りた道具を片づけながら言うと、中馬が不思議なものでも目にしたような顔で自分を見た。

「……なに？」

「いや、こないだも思ったけど、君って意外に素直なんだね」

他人の忠告をまるきり無視するほど、頑《かたく》なでも傲慢《ごうまん》でもないつもりだ。納得できる情報であれば、ちゃんと受け入れる。

それに――

「こないだって、いつの話だよ？」

本気で判らなかった。中馬とはあの雨の日をきっかけに、もう何度か食事をしていた。教えられた居酒屋が気に入ったのもあるし、一人で飲むのには慣れていないせいもある。

いくつか近所付き合いの深まった理由は並べられるものの、結局のところ、中馬といる居心地が悪くないからというほかない。最初の出会いが悪すぎたせいで、肩肘《かたひじ》を張る必要もなく気楽な関係である。

「久我山くん、今日は夕飯の予定はどうなってるの？」

「予定って？」

「素直っての、前言撤回しようかな。判ってるくせに、訊き返すのやめない？」

「……よ、様式美みたいなもんだろ」

ある意味、『待ってました』な問いに、惚《とぼ》けた顔して応じるのも、お決まりの流れだ。

洗車の礼に夕飯は奢《おご》るつもりだった。けれど、わざわざ繁華街まで出るのも億劫《おっくう》だという話になり、日も沈みきらないうちから中馬の家で飲むことになった。

家飲みなんて付き合い方も、久我山には珍しい。酒も進物が余っているからなんて言われて、至れり尽くせり。『まぁ、大人しくテレビでも観ててよ』と中馬はキッチンに向かい、リビングのソファで小一時間ほど待っていると、手製のツマミが皿でいくつも運ばれてきた。

「美味いっ、なにこれ、さつま揚げって家で作れんの⁉」

出てきた揚げたてのさつま揚げに驚きを隠せない。中馬は久我山の素直な反応に、餌《え》づけに成功したみたいな顔をして笑んだ。

「普通の揚げものと変わらないよ。大した材料じゃないしね」

そうはいっても、最低でも魚のすり身は必要だろう。久我山はほとんど料理をしないので判らないが、家に常備されているものとは思えない。

もしかして、最初からそのつもりで声をかけたのか。

「でも、やっぱり揚げたては格別だろう？」

「ああ、美味い。こっちのチーズのもいいな」

プレーンとチーズ。さつま揚げは二種類ある。四角い形のほうは一口齧《かじ》ると中から濃厚なチェダーチーズがとろけ出てきて、やや洋風の味わいだ。

「ビールもいいけど、ワインも合うよ」

『飲む？』と声をかけた中馬はソファから立ち上がり、ワインとグラスを用意しにキッチンに向かった。中馬のキッチンのダイニングボードには一人暮らしには持て余しそうな数の食器が並んでいる。二客の対のグラスを選び、中馬は戻ってきた。

「ありがと」

しおらしく受け取れば、くすりと笑う。

からかわれているようでもあるのに、不思議と嫌な感じはしなかった。細められた目が優しかったからかもしれない。つくづく顔で得をしている男だよなと、白ワインのボトルを開ける長い指の手を見ながら思った。

「けどさ、俺が手料理なんか振る舞われてていいわけ？」

「どういう意味？」

「いや、俺はホ……ゲイの世界のことはよく知らないけど、ほかの男呼んじゃまずいんじゃないの？」

「ああ……泰希《たいき》のことか」

「休みに会わないわけ?」

「彼は週末は休みじゃないよ。接客業なんだ。バーで酒を作ってる。閉店は夜中の一時って言ってたかな……僕も店には一度しか行ったことないから、詳しくないんだ」

医者とバーテンダーではほぼ擦れ違いの生活だ。でも、バーならもっと気軽に店に顔を出せばいい。なにか事情でもあるのか、ワイングラスを傾ける中馬は、唇に困ったような表情を浮かべている。

――もしかして、それであいつはあんなにバスではしゃいでいたのか?

久しぶりだとかなんとか、確か言っていた。中馬はどうだったのだろう。考えてみれば、人目を憚らずに手を繋いでいたといっても、中馬のほうは受け身で流されているだけな感じでもあった。

「けど、上手くできてよかったよ」

「……え?」

「さつま揚げ、久しぶりに揚げたんだ。さすがに一人の晩酌に作ろうとは思わないからさ。最近はずっとコンビニの一品料理のコーナーの世話になってる」

レバーペーストを塗った薄切りのバゲットに手を伸ばしながら、中馬は言った。

人をもてなすのは久しぶりというなら、中馬は普段はあまり深い交際はしないタイプなのかもしれないけれど、部屋の印象とどこかちぐはぐだ。

広いリビング、無数にある食器。今、久我山が華奢《きゃしゃ》な脚を指に挟んだワイングラスは、中馬の手にしたものと対だ。細かなリーフが纏《まつ》わるようにサンドブラストで描かれた美しいグラス。手のひらで包んだグラスの中を覗く。淡い黄金色の液体を波立たない程度に揺らすと、まだ酔ってもいないはずなのに視界が滲《にじ》んだ気がした。

余計な詮索をしてもしょうがないかと、天井を仰ぐ勢いで喉に流し込んだ。

可愛い。愛らしい。スイートベイビー。

久我山は赤子の頃から、『誉』の名のとおり褒め尽くされて育ったけれど、プレッシャーがなかったわけではない。

最初のプレッシャーは、たぶん幼稚園のときだ。私立の制服をキッズモデルのように着こなす久我山は、その愛らしさゆえか、親が金持ちで幼稚園に寄付金まで出していた縁か、劇の類《たぐい》では決まって主役に選ばれていた。

しかし、いくら久我山が可愛くとも、親たちにとってもっとも愛おしいのは我が子だ。むしろ、我が子より圧倒的に容姿も経済状況も恵まれた子供など、存在そのものが疎ましいと感じる親もいる。クレームや陰口、露骨に毛嫌いする態度やら。劇は最悪の空気の中で演じることを強いられた。

ただ可愛い衣装を着てステージの中心に立つことを喜べるほど、久我山は鈍い子供ではなかった。泣いて逃げればまだ可愛げがあっただろうに、そんなとき決まって逃げ出すよりも見返すことを選んだ。

プレッシャーなんて、くそくらえ――

久我山は形のいい眉をぎゅっと中心に向けて寄せる。

白い光が揺れていた。

あの日のスポットライトの明かりのように、白い顔を照らす光。久我山の閉じた目蓋《まぶた》の向こうでゆらゆら揺れる。

少しすると、ちらつくのはなにか黒い影が視界を過《よぎ》っているからだと判った。影は久我山の顔の上を掠《かす》める。閉じた目蓋の上から頬、小鼻の脇を通って唇へと。触れることなく過るだけの影の正体はよく判らなかったけれど、唇の膨《ふく》らみを掠める際に微かに触れた感触は、誰かの指先のように感じられた。

もっとちゃんと触れてくれればはっきりと判るのにと思う。

もっと、しっかり視界を覆ってくれたら、光の眩《まぶ》しさにしかめっ面になる必要だってなくなるのに。

「んっ……」

夢うつつの久我山は、手を追いかけてそのまま身を浮かせた。無意識に伸び上がるようにして頭を持ち上げ、逃げ損ねた男の指先に唇を押しつける。

ほら、やっぱり指だった——

納得して笑もうとした瞬間、久我山は唐突にぱちりと目を開けた。目覚めに驚いた表情の男が、隣から自分を見ている。

「……わぁっ」

寝ているのがベッドであると気がつくと、久我山は漫画みたいな声を上げた。横たわって頬杖をついた格好で覗き込んでいた中馬を、有無を言わさぬ勢いでドンと突き飛ばす。

「なっ、なんであんたここにいるわけっ⁉」

突かれた胸を押さえた男は、苦しげに顔を顰《しか》める。

「ここが僕の家だからじゃないかな。加えて言うなら……僕の寝室で、僕のベッドだからじゃないかと思うけど」

「なっ、なんでっ……」

「まだ説明が必要ならするけど、勝手に酔い潰れたのは君だよ。『もうそろそろ』って止めたけど、家は隣だから帰れるって」

久我山の最後の記憶では、確か幼稚園の劇に出演していたはずだった。けれど、そんなはずはないから『夢』は夢として差っ引けば、残る記憶は休日の家飲み——

淡々と話す中馬の声に、ゆるゆると甦《よみがえ》る。二人でワインを一本空けたこと、その後は焼酎に移ったこと。やっぱり鹿児島で家飲みとくれば芋焼酎。中馬は夏でもお湯割り派だというので、自分も試してみて『水割りよりも一気に酔いが回る感じがするな～』なんて感想を抱いたところまでははっきり覚えている。

一口飲む傍から体が火照《ほて》って、白い天井が揺らぐのを面白おかしい気分で眺めていた。プールの底みたいで綺麗だなって——どうやらこの辺からおかしい。

「それで、俺は……」

「十二時前には『帰る』って言って立ち上がったよ。君が帰ったのは隣のマンションじゃなくて、僕の寝室だったけどね」

「……え？」

「階段の上り口でポストを探してた。なにもない壁探って」

「……は？」

「人間の習い性ってすごいね」

まだ胸元を押さえながらも、中馬は微かに笑う。

つまり自分は前後不覚の酔っ払いで、家にも帰りつけず……いや、それ以上に状況は悪く、他人の寝室に勘違いで直行してベッドに大の字でダイブしたと、そういうこと。

「むっ、無理矢理でも起こせばいいだろっ。起こさないって決めたのはあんたなんだから……

そうだ、半分はあんたのせいだっ」

恥ずかしさのあまり、逆切れも甚《はなは》だしい言葉が飛び出す。外で酒を飲む機会は仕事でもプライベートでも少なくないが、こんな風に飲まれてしまったのは初めてだ。みっともないことにならないよう、いつもは頭の隅にクリアな部分を残していた。

家飲みで油断してしまったのだろうか。

「いいよ、そういうことにしても」

余裕の顔して笑われ、余計にムキになる。

「よく言う。お、俺に触ってただろうが」

「まさか。僕も眠くなってきて、君を起こすべきか迷っていたところだよ」

時間の感覚はないが真夜中だろう。まだカーテンの隙間に日の光は感じられず、照らしているのはベッドサイドの明かりだ。

「嘘《うそ》だ、だってさっき……」

「一緒のベッドに上がれば、君は僕が必ず手を出すとでも？　自惚《うぬぼ》れ屋さんだね。言っただろう、ゲイなら見境なく同性にしっぽを振るわけじゃないって」

なにが地雷に触れたのか、急に以前に戻ったみたいに嫌悪感も露《あら》わに言い返してくる男に、久我山は驚く。

眠気も酔いもすっかりどこかへ飛んでしまった。それも悪い方向にだ。

「君は？　君は若い女性とベッドに上がれば、誰でもそういう対象になるのか？」

「ベッドって、そこまでお膳立てされたら、みんな結構その気になるんじゃないかと思うけど……あんたは違うわけ？」

庭先で挨拶をするのとは訳が違う。据え膳というやつだ。

「……どうだろうね。じゃあ試してみる？」

「えっ……」

「なんで煽《あお》るようなこと言うかな、君は。せっかく人が誤魔化《ごまか》そうとしてるってのに」

起き上がったばかりのところをぐいと押しやられ、目覚めたとき同様、久我山は「わっ」と声を上げた。

もうすっかり酔いは醒めたと思っていたのに、押さえ込まれると難なく動きを封じられて力が籠《こも》らない。

「ちょ…っと……」

戸惑いの声も弱々しくなるほどに、状況に違和感を感じた。ベッドに張りつけにされているという違和感。相手が男であるという違和感。足の間に割り込むように膝を入れられ、その長身の体軀《たいく》が下りてくる。圧《の》しかかられたわけではなく、ただ覆い被さられただけなのに、重たく感じられた。

「考えてはみたよ。俺は君を抱けるのかってこと」

視界の僅《わず》か先で、皮肉屋でもある男の唇が言葉を紡ぐ。

『抱きたい』ならまだしも、『抱けるかどうか』なんて失礼にもほどがあるだろう。

「なっ……なんだよ、その上からな感じ。あんた、まだ酔ってんじゃ…っ……」

衣服の上から脇腹を這い上った手に、『ひゃっ』となった。久我山の服は、洗車の後に一度家に帰ってシャワーを浴びて着替えた白シャツとリネンのパンツだ。

すっと降りてきた顔に、迷わずキスをされるのだと思った自分に戸惑う。けれど、中馬の唇は数センチ上空で静止したまま、艶《つや》を帯びた視線だけが、久我山のすべてを見透かそうとでもいうように降り注ぐ。

身を撫でる男の両手は、脇から腰まで下りては再び胸元へと上った。輪郭を確かめるみたいに上へ下へと移動する度、身に着けたままのシャツが衣擦れの音を立て、久我山は大きなその手のひらの感触に息を飲む。

やや節が張ってはいるが長い指。爪の形もバランスがいい。男らしくて綺麗な手だと、居酒屋のテーブル越しに何度か感想を抱いたから覚えている。

初めて感じる同性の手に、ドクドクと騒がしく心臓が飛び跳ねる。中馬にも感じ取られているのではないかという錯覚。久我山の胸には、心臓と手のひらを遠く隔てる膨らみはない。

中馬はそれを確認でもするみたいに、密やかな声で口にした。

「……やっぱり、真っ平らなんだけどな」

「あっ、あんたは……たっ、平らな男の胸が好きなんだろっ？」

「そうだね……うん、嫌いじゃない」

──なにが嫌いじゃないだ、スカしやがって。

普段の久我山であれば、つるりとそれくらい言っただろうに言葉が出ない。布越しに見つけた小さな引っかかりに指を立てられ、くじられると息が弾んだ。むず痒《がゆ》いような、くすぐったいような感覚。乱れる息さえ、すぐ傍にある男の唇を掠めてしまう。

「あ……」

布ごと乳首を摘《つ》ままれると、じんとした痺《しび》れが駆け抜ける。肌の下、もっと奥、体の深いところへ逃げ込んで、覚えたことのない……けれど、よく知るような疼《うず》きへと変わる。

「…あっ……」

一際強く指先で刺激されて妙な声が出た。鼻にかかった、媚《こ》びるみたいな声音だ。

「いっ、今のなし……なしだからっ……」

慌てて否定しながら身を捩《よじ》り、中馬の元から這いずって抜け出そうとして、今度は重なる腰がぶつかり合った。

「ぁっ……あっ……」

期せずして擦れた中心に、ビクビクと二、三度、身を波打たせる。隠しようのない反応は、久我山が強く感じてしまったからにほかならず、頭上の男はただ本当にびっくりした表情で見下ろしていた。

「久我山くん、君……」

冷静に驚かれて居たたまれない。

「……も…っ、帰る」

「久我山くん？」

「帰るっ！」

子供みたいに『帰る』とだけ叫んで、逃げ出そうと重たい体を押し退《の》け、最後は躍起になって足蹴にした。四肢《しし》がガクつく。四つん這いでベッドの端に向かおうとすると、中馬に足の踝《くるぶし》の辺りを摑まれ、悲鳴を上げた。

「この変態っ！　触んな、バカっっ！」

小学生みたいな幼い暴言を吐いて逃げる久我山に、ベッドに残された男は呆気に取られた顔をしていた。


どうやって家の外まで出たか覚えていない。

転がり出るとはまさにこんな感じだろうといった具合で、ゾンビにでも追われたみたいに表に飛び出せば、月が明るく出ていた。

真夜中の路地は静かで、日中の熱気が嘘のように夜気も穏やかで優しく、ちょっとだけ冷静になる。

けれど、隣のマンションに着いた久我山にポストを確認する余裕はなく、三階の自分の部屋に直行し、ドアの鍵穴《かぎあな》に鍵を差すのに手元が震えて二度失敗した。

どうにか自室に収まると、脱力して玄関でそのままへたり込んだ。

「……なんだったんだ、今の」

頭にグルグルと回る疑問を言葉に変える。

心臓はまだ弾んでいた。急いで帰って来たせいだけでないのは判ってる。中馬から逃れてきても、自分にある原因からは逃れられず、久我山は情けない思いで股間《こかん》で衣服を押し上げているものを見下ろす。

「どうすんだよ、これ……」

男に触られて発情するなんて、まるで自分のほうが中馬になにかされたがっていたみたいだ。不本意に触れ合ってしまった瞬間、判ってしまった。自分はこんな有様だけれど、中馬のほうは変わりなかったこと。熱も興奮もない無反応で、欲情したりはしていなかった。口ぶりからして、自分には性的な興味を覚えないのかもしれない。ゲイにはモテないタイプなのか、それとも自分だから嫌なのか。

どちらにしろ、だったら何故わざわざ試すようなことをしようとしたのかと思う。

——なんなんだよ。

心臓が騒がしい。いつまでもうるさい。ドキドキドキドキ、バカみたいに鼓動を打っている。肌は鳥肌立つどころか、火照っていて、嫌悪感がないことにますます狼狽《ろうばい》する。

玄関ドアを背に座り込んだ久我山は、膝頭に顔を埋めて頭を抱えた。

――なんなんだよ、もう。

二度目は中馬ではなく、自分に対して思った。


「こはやっせん。つくいなおしじゃな」

午後、デスクで珍しく真剣な顔をして書類に目を通していた支局長は、久我山《くがやま》の机に歩み寄って来ると、ポンと肩でも叩《たた》くような仕草ですっと背後から紙束を差し出した。

赤いスライドバーで閉じた書類は、昨日まとめて提出した観光協会のPR広告用のプレゼン資料だ。

「これでは……」

隣でいつものように通訳をしかけた新留《にいどめ》が息を飲む。

「これのどこがダメなんですか？　作り直しって、なにがおかしいのか言ってください」

支局長をデスクで仰いだ久我山は、間髪容《かんはつい》れずに抗議する。新留の手を借りずとも言い返す久我山に、鹿児島《かごしま》支局の小さなフロアの空気はざわりとなった。誰も言葉こそ発しなかったものの、仕事の手を止めこちらを見る。

ひと月もいれば、支局長との会話も挨拶《あいさつ》程度でまごつくこともない。久我山自身、意識してディープな方言も理解しようと努めるようになったところもある。新留の訳など待っていられないほど、このコンペに久我山は真剣だった。東京《とうきよう》への帰還がかかっている。

「かからんねこつすっな。こげんしごつ、やっせんど。かんげが甘か」

「考えが甘いですか？　突拍子もないって、桜島《さくらじま》は鹿児島のシンボルでしょう？　メインに持ってきてなにが悪いんです」

「やってー、こげん噴火とへばっかいで、どげんすっとか。観光ＰＲやど？　こげな見たら、客がいっすんこんごとなる」

支局長は資料のページを開くと、ずんぐりとした指先で久我山の掲載した写真を指差す。

噴火した桜島の火口。青空に高々と湧き上がる灰色の積乱雲のごとき噴煙。街を飲み込む煙の帯と、視界もままならない市街地の光景。

灰、灰、灰。資料は灰尽くしだ。

「支局長、何故《なぜ》そう言い切れるんです？」

「ないごて……」

「これはインターネット上の鹿児島のインプレッションです。支局には情報分析の戦略部門もありませんからね。とりあえず自分で可能な限りやっときました」

呆気《あっけ》に取られている男に、机のファイリング資料を追加で差し出す。最初から押しつけるには分厚いファイルは、久我山がほかの業務の合間やプライベートの時間を削って拾い集めたインプレッション……鹿児島の印象だ。

「ネットに転がってる観光客の声なんて一部の意見にすぎませんけど、今はブログだけがネットじゃありませんからね。ＳＮＳの一言でも声は声です。観光案内の冊子で懸賞プレゼントの黒毛和牛の霜降り肉欲しさに応募してくる、世辞まじりのポエムがかった旅行記より、よっぽど生の意見ですよ」

「じゃねど、こげん珍しやいかたは……」

「普通は従来広告がやってるでしょ。美しい桜島、雄大な桜島。そんな絵面《えづら》は、みんな観光案内としては見飽きてるんです。そうですよね、新留さん？」

「えっ」

久我山は隣に目線を送る。ぽかんと半開きだった口をようやく閉じようとしていた新留は、突然の矛先《ほこさき》に焦り顔だ。

「まずは炎上させてでも話題性、そうじゃなかったっけ？」

「あ、ええ、まぁ……」

「支局長、これで進めさせてもらえませんか？」

難色を示す支局長に、突き返された資料を久我山は怒濤《どとう》の押しでまた握らせる。

返事を待つ。その瞬間、不意を打つようにドンと腹に響く音が鳴った。

古いビルの窓ガラスが打たれたように風圧でビリっと振動し、支局の面々は『あ』と顔を見合わせる。「大きい」「デカい」どこかで聞いたような会話を繰り出し始めた社員たちを前に、久我山は目を瞠《みは》らせてすくりと立ち上がった。

「来た！」

すわ、地震……ならぬ、降灰だ。

「えっ？」

いつもの調子で震えた携帯電話を手に取る新留が、訝《いぶか》しむ顔で仰ぐ。

「新留さん、通知きてる？　今の風向きは？」

「西南ですけど……これだと、谷山《たにやま》方面を中心に来そうですね。約十五分後です。こっちは被害少なくてすむんじゃないですか？」

「よし、急げば間に合う。素材、集めに行くぞ」

「えっ？」

「ああ、レインコート持って行って。傘じゃ動きづらいから」

「ええっっ⁉」

解せない、むしろ理解したくもないことが起こっていると言いたげな裏返る声の後には、新留は何故自分が指名されるのか判らないといった表情に変わる。

久我山は邪魔になりそうなだけのネクタイを首元から抜き取りながら言った。

「行くよ。だって君、俺とチームなんでしょ」


谷山地区へ向かってタクシーを走らせると、空の色は見る見るうちに飲み込まれるように黒く変わった。

どんよりと重たい。けれど、雨とは違う空の色。後部シートで身を捩《よじ》り、リアウィンドウ越しにデジタルビデオカメラを構えた久我山は、変貌していく空の色を収めて満足顔だ。

黒いというより、暗い。太陽の光が分厚い噴煙に遮《さえぎ》られ、包まれる街が夜のように暗くなっていく姿に興奮して眸《ひとみ》を輝かせる。

年がら年中噴煙を上げて腹のマグマの活動具合を知らせている桜島だが、大規模噴火はいつでも起こるわけではない。ここ数ヶ月では久我山が引っ越してきた翌日の、部屋を灰まみれにした噴火が最大級で、もしかするとこのまま何ヶ月……いや、数年先までだって起こらない可能性はあった。

自然の営みは規則正しいようでいて気まぐれだ。今日、この瞬間に立ち会えたのは、望む人間にとっては運がいい。

隣の新留は、髪をレインコートのフードに押し込みながら、泣きそうな顔をして言う。

「久我山さん、正気ですか？　私、降りたくないんですけど。今日帰りに約束があって、食事に行く予定なんです。彼と会うの、ホント久しぶりで……」

「運転手さん、車停車しておくのによさそうなとこある？」

「ちょっと久我山さん、話聞いてます⁉」

「ああ、君のマスクこれね。ゴーグルいらない？」

新留だけでなく、タクシーのドライバーだって好き好んで降灰中の地区に乗り込み、車を停めたりはしたくなかっただろう。

久我山だけが、意気揚々と灰の降り注ぐ最中の路上に降り立った。

ちょっと前まで、買い物帰りに灰に降られて涙目になっていたのが嘘《うそ》のような変わりようだ。

「いいぞいいぞ、最っ高の降りだ！」

「ちょっとおっ、キャラ変わってませんっ⁉」

自棄《やけ》になったように新留が後に続く。彼女が離れるや否や、素早くタクシーの後部シートのドアは閉まった。

「キャラってなに？　俺はコンペで勝つためならなんでもやる。でなきゃCDなんてやってられるわけねぇだろ！」

勝つことこそ、すべて。でなきゃプレゼン資料なんてゴミ屑《くず》同然、ベストを尽くすことに意味などない。過程なんてものを評価するのは所詮《しょせん》負け犬の遠吠えであり、どんな手段を使ってでも勝ちに行くのが久我山の矜恃《きょうじ》だった。

身を覆う薄い黄色のレインコートを、パラパラと灰が打つ。装着したゴーグルの中の目を負けじと瞠らせ、ハンディカムを天に向ける久我山は黒い空を仰いだ。

勝たなきゃならない。

当たり前に。涼しい顔して。そういう星の下に生まれてきたのだ。親と隣人と、それからついでに自分の名は選べない。

『誉《ほまれ》さぁ、スーツって流行《はや》りがあるだろ』

未だに忘れていない、まだADだった頃の夜の会話が頭に思い起こされた。連日連夜、常態化した深夜まで続く残業中の社内で、同じくADである先輩に言われた言葉だ。

『流行り？』

『そうそう、肩の作りとか襟幅《えりはば》とか。大して違いがないように見えても、女のファッションみたいにちゃんと流行りがある。アンダーシャツもさ、半袖《はんそで》がよかったり、タンクトップが主流になったり。そのうち乳首透けさせるのがセクシーっつって流行るかもね』

クリエイティブの男らしいユーモア。打てば響く感じのその喋《しゃべ》りは、睡魔と闘う残業時間の和みで、同性とは衝突しやすい久我山も自然と心を許していた男だった。

そのときも、会話の意図が判らないままくすりと笑った。

『でもさ、俺は断言できるんだよね。百年経っても、ワイシャツの上にアンダーシャツを着るようなファッションは生まれないって』

『え？』

『ものには順序ってものがあるんだよ。下積みのない者が、センスと運だけで上に立つとかねえから』

　男はパソコンに向かったまま淡々と言ったが、キーボードは一際強く指先で打たれた。見慣れたその横顔に笑みはなく、意味は判らないながらも久我山からも微笑《ほほえ》みは消えた。

　久我山にＣＤの辞令が下りたのは、その翌週だった。

「久我山さん？」

　無言で空にハンディカムを構え続ける姿に新留が声をかけたが、レインコートで防備した耳には届かない。

　パラパラとレンズを灰が打つ。

　暗くうねる先の見えない灰色の空の向こうから降りる物質は、一つ一つは大した威力もないのに、幾重にも打たれるうち、やがてレンズが割れるのではないかという不安を生む。

　それでもやっぱり勝ちたかった。

「わいのゆっちょっこつは判った」

降灰中の街に乗り込み、文字どおり身を挺《てい》して材料を得た久我山は、翌日の夕方にはもう簡単なサンプル動画を作って支局長に見せた。

『うーん』とも『うぬぬ』ともつかない呻《うめ》きを何度も漏《も》らしたのち、支局長は返事をした。

「やってみっど」

「はい、やらせてください」

色よい返事には、久我山も自然と笑顔になる。愛想笑いではない本物のスマイルだ。

まだようやくスタート地点に立つ許可が下りたばかり。コンペに通ったわけでもなんでもないとはいえ、鹿児島へ越してきてこんな浮き足立つ気持ちで仕事を終えられた日は初めてだ。

久しぶりの一段落で早くに会社を出ると、まだ外は明るかった。すっかり通い慣れた古い雑居ビルを後にし、足取りも軽く市電の停留所へ向かう。

会社からはほど近くとも、家のほうは二十分も歩かねばならない路面電車も、乗り慣れてしまえば通勤の足として定着してしまった。歩きながらカラーシャツの胸ポケットを探る。習い性で取り出したのは携帯電話で、浮かれる気持ちを消化する先を求める久我山はメールを送ろうとした。

喜びを誰かに伝えたい。

極《ご》自然な欲求だろう。けれど、開いたメールアドレスにはっとなる。

「なにやってんだ、俺……」

メールを送ろうとした先は、五日前の週末から距離を置いたまま、連絡を取っていない男だ。こんなときに無意識に思いつく相手が中馬《ちゅうま》とは――自分の中で存在が肥大してしまっているのを感じずにいられない。

自分が認めようと、認めまいと。

気を取り直して久しぶりにマリノにでもメールをしようと思い直したけれど、求めているものとは違って感じられた。適当にあしらわれても、『よかったじゃない～』とあの甘い声で同調されてもなにか違う。

電停のコンクリートのステップに立った久我山は、小さく溜《た》め息《いき》をつく。諦《あきら》めてポケットに戻そうとした瞬間、手の中のものが短く鳴った。

メールだ。中馬からだった。

『蟹《かに》、食べに来ないか？　もらったんだけど、一人じゃ二キロは食べられない』

意表をつく内容に呆気に取られる。

「……蟹って、おい」

けれど、これが詫《わ》びや、妙な様子窺《うかが》いのメールだったら返事はしなかったかもしれない。蟹は大事だ。前に居酒屋で蟹が好きだと話したのを覚えているのか知らないが、『蟹なら仕方ない』と思わせる……自分を自分でどうにか納得させるだけの威力がある。

『仕事早く終わったところだけど』

文面に籠《こ》めたつもりの、『不本意ながら』という気持ちはどこまで伝わったか判らない。中馬からは『じゃあ、決まり』とすぐに返ってきた。

穏やかな光に変わった夕映えの中を、黄色の電車が近づいてくる。バスのような車両は一両編成のためかどこか可愛《かわい》らしい。路面電車なんて前時代的という印象だったが、実際に乗ってみると便利なもので、階段の上り下りも改札もなく、お年寄りに支持されているのも頷《うなず》ける。頬《ほお》の緩《ゆる》んだ横顔に夕焼けの色を映し、久我山は乗り込んだ。浮き足立ったり沈んでみたり、再び浮いてみたりと忙しい。

走行速度は遅くのんびりとしたイメージの市電も、夕方のラッシュ時には混雑する。人に押し流されるようにして奥へと進み、久我山はそこで思いがけない人物を目撃した。

最初は『どこかで見たような顔だな』と思っただけだった。吊り革を摑《つか》んで立った久我山の隣に、Tシャツにちょっと女くさい柄のハーフパンツの、夏休みの学生みたいな格好の男がいる。俯《うつむ》いてスマートフォンを操作する眼差《まなざ》しは真剣そのものだが、どうせゲームでもやっているのだろう。ふわふわとした髪は金に近い明るく色を抜いた髪で、およそ知的には程遠い。

――いや、これも『偏見』か。

そう思いかけたところで、はっとなった。

男のほうも、久我山の視線に気づいて顔を向ける。

『あ』

発車する小さな電車の中で、互いの心に響いた一文字が聞こえた気がした。

割り込みのホモ男。いや、ホモは差別用語だったから、ゲイ男か？　めんどくさい、つか名前なんだっけ？

「タイヤキ……じゃなくて、タイキ？」

「はぁっ？」

随分と期間を置いた第二ラウンドのゴングでも鳴りそうな巡り合わせだったが、男が目を剝《む》いたのは名前を知っていることではないらしい。

「泰希《たいき》！　増田《ますだ》泰希だ。あんた、今史《ふみ》ちゃんの家の隣に住んでんだって？」

むっとした表情で、けれどゲームを終える様子もなく画面をタッチし続けながら泰希は言った。相変わらず感じの悪い、マナー知らずの男だ。

「なんだ……俺のこと、聞いてるんだ」

当たり前といえば、当たり前の事実に久我山は拍子抜けした気分になる。

「まぁね。隣のマンションってのもびっくりだけど、いけ好かない奴とわざわざ好き好んで近所づきあいするなんてなぁ……史ちゃんって、昔っから優しいからなぁ」

「……悪かったな、いけ好かなくて。あんたのほうは夜は仕事で忙しいって聞いたけど、これからか？」

同じ市電に乗っているのが気になる。もしかして、これから中馬の家に行くつもりなんじゃないかなんて心配が頭を擡《もた》げた。

邪魔をされたくない。まるでそう感じているとしか思えない考えを、久我山は蟹を横取りされたくないからだと強引にすり替える。

蟹は大事だ、蟹は。

「へぇ、俺のことまで喋ってんの……史嗣《ふみつぐ》って昔っから優しいからなぁ」

「二回も言わなくても優しいのは判った。つか、名前……」

——そうか、史嗣っていうんだ。

改まって訊《き》いたことがなく、知らなかった。史嗣、と頭に思い描いてみると、吊り革を握る手にぎゅっと何故か力が籠もる。カーブで電車が揺れるからではない。

「大事なことだから二回でも三回でも言わねぇとな。史嗣は誰にでも優しいの!」

楽しんでいるのかいないのか、しかめっ面で画面を弄《いじ》りながら、ぶつぶつと独り言のような調子で泰希は言う。

「あんたは気に食わないみたいだけどさ、俺の取り柄は正直者なところなんだよね。だから包み隠さず生きてるし?」

「見れば判るよ。とても周りに迎合して生きているようには見えない。それで?」

久我山の言い草に『相変わらずだ』と鼻で笑った男は、急に神妙な声を作ると言った。

「だからさ、史嗣には口止めされたけど、言っとくわ。あいつ、ゲイじゃないから」

「……え？」

「ほら、やっぱな。ゲイだと思ってたんだ？　どう見てもノンケじゃん。俺一人が気まずい思いしないように、あんときは合わせてくれたんだっつーの」

「どういう……ことだよ？」

「いつまでも誤解させて、史嗣が近所で変な噂たてられたら可哀想だと思って。いいから黙ってろって、史ちゃん言ったけど」

「そうじゃなくてっ……だって、おまえ手を繋《つな》いだりして……」

混乱する。自分が目にしたものはなんだったのか。

泰希はチラとこっちを見たが、すぐに金色の髪を揺らしてスマホに視線を戻した。

「俺さ、バス苦手なんだよね。電車も苦手なんだけど……こういう狭っ苦しいとこに押し込められてると落ち着かない。こうやってなんか気ィ逸《そ》らすものがないとダメ」

健康そのもの。ずうずうしさはオバサン級の心臓に毛が生えたような男だと思っていたが、確かによく見るとただ電車の吊り革を摑んでゲームをやっているだけなのに、息が上がっている。

画面を見る目も、その小さなガラス越しの世界へ逃げ込もうとでもするような眼差しだ。

「史ちゃんは昔倒れたのを知ってるからさぁ。俺が手を繋ぎたいって言ったのは怖かったのと、あれだね、下心」

「したごころ?」

本気かこの期に及んで冗談か、泰希はにっと口角を上げる。

「そう。あんないい男なんだから、基本好きに決まってるでしょ」

「基本って……付き合ってるんじゃないのか?」

「まさか。あんときだって偶然バス停で一緒になっただけなのに。後は、昔馴染《なじ》みでたまにメールするぐらいかな。大学んときから女切れたこともないイケメンのノンケなんて、狙《ねら》うだけ時間の無駄でしょ」

「無駄って……」

「困るんだよね、変に優しすぎるのも。昔、バイト先でゲイバレしたときも庇《かば》ってくれたしねぇ。あ、俺と史ちゃん、大学時代にバイト先で出会ったんだよね。聞いた?」

「って、おまえも上京してたってこと?」

次々と明かされる事実に久我山は頭がついていけず、呆然《ぼうぜん》となるしかない。泰希にとっても、意外な展開のようだった。

「……もってどういうこと? 史ちゃんの出身はあんたと同じ、東京だよ?」

「え……」

「メイちゃんが俺と同じ鹿児島の人でさ。医大卒業して、実家の病院継ぐことになって、それでこっちに来たんだって。俺はたまたま再会して驚いたんだけど」

「めいちゃん……って？」

初めて耳にした名に意識を奪われる。次の電停に停車した車両がガクンと振動し、気の緩んだ久我山は吊り革から手が離れて危うくバランスを崩しそうになった。

「あんた、なんで知らないの？　近所付き合いしてるんじゃないの？　芽衣子《めいこ》さんだろ、史嗣の奥さんの」


白い部屋の白いソファに囲まれたガラステーブルの真ん中で、白い皿に載った真っ赤な蟹は、さながら趣味の悪いオブジェのように山を成していた。

「個人的には、なくしたい古い慣習の一つなんだけどね」

毛ガニのオブジェが出来上がった理由を、コーナーを挟んでソファに並び座った中馬は語った。

「今でも入院時に心づけを忘れない人はいるんだ。断っても形ばかりの遠慮と思われたり、人によっちゃ『この額じゃ足りないのか』と上乗せして来たりね。はは、こっちは悪徳代官じゃないんだからっていう……まぁ、とにかくそれでも蟹ってのは珍しいかな。病院の冷蔵庫に入れておくわけにもいかないし、一人じゃ消費しきれないし、君が来てくれて助かったよ」

饒舌《じょうぜつ》に説明する男は普段よりも口数が多い。壁に設置されたテレビも賑《にぎ》やかで、今は見飽きた女性タレントの顔が毛穴も覗《のぞ》けるほど大きく映し出されている。

ゴールデンタイムのバラエティ番組は、喫茶店で流れる当たり障りのないクラシックみたいなもので、蟹スプーンと食器がたまにぶつかる音が曲の合間にアクセントに鳴るシンバルだ。

「こないだのこと、まだ怒ってるの?」

黙々と蟹の身を殻から出しては口に運ぶ作業を繰り返す久我山に、中馬が問う。

「こないだって……ああ、べつに。俺はいつもこんなだろ」

硬い声は思いのほか素っ気なく響いた。

「あと、蟹だから」

急いで付け加えると、中馬は安堵《あんど》したような息遣いで笑う。

「まぁ蟹は喋れなくなるか。貸して、それ取り出しにくいんだろう。切れ目が足りなかったかな」

蟹は酒の肴《さかな》にリビングで食べるのには向いていない。膝《ひざ》に載せた取り皿の上で硬い殻と格闘していると、蟹バサミを持った中馬が助けの手を差し伸べてきた。甲羅のツボでも心得ているかのように、やけに手際よく切れ目を入れる。

「これ、あんたがボイルしたのか?」

「元からボイル蟹だよ。俺は職場から持って帰って捌《さば》いただけ」

「けど、上手《うま》いもんだな。店で出てくるのと一緒だ」

カットするだけと言っても、丸ごと蟹を二杯も出されては、久我山にはどこからどう解体していいのやら判らない。

「コツがあるんだよ。何度かやったら覚える」

「ふうん……」

コツを覚えるほど、普通は人生でそう何度も蟹を捌いたりしないだろう。

一人暮らしならなおさらだ。

『パパ、蟹はお願いね』なんて言って、男の役目として背負わされる姿を、ふと想像してしまった。中馬は結婚をしていると泰希から爆弾発言を受けても、子供がいるとまでは聞いていないけれど。

子供のいない夫婦は互いをなんと呼び合うのか。あなた、ダーリン、それとも『史ちゃん』か。

そんなことまで考える一方、泰希の話を久我山はにわかには信じられなかった。

「まずは腹のところに指を入れて甲羅を外すんだ。もう取ってるからないけど、ここんとこに三角形のフンドシってのがついてて」

長い指が白い皿の赤いオブジェの腹を指差す。

その左手にも右手にも指輪はない。痕跡が判るほど日焼けしたりもしていない、どことなく医者らしい綺麗《きれい》な手だ。

この家で中馬以外の誰かを見たことはないし、玄関に女物の靴が並んでいるようなこともない。洗面所にも長い髪の一本も落ちておらず、寝室だってそんな気配はなかった。

ベッドを使ったのは酔っ払って久我山が勝手に起こした愚行だが、中馬は怒ったりもせず、あまつさえそこで自分に触れてこようとした。

あれはなんだったのか。

ただでさえ判らなかったのに、中馬が同性愛者でないとすればもっと判らなくなる。

なにより久我山が判らないのは、こうして無言の間を持て余すほど隣にいながらも、確かめてみようとはしない自分だった。

この家に来るまでは考えていた。問いただそうと。場合によっては、泣いて許しを請うほど責め立ててやると。そのために、市電の停留所から小走りでいつもの半分の時間でやってきたのに——「そんなに急がなくても蟹は逃げないよ」と中馬に笑って出迎えられたら、なにも言えなくなっていた。

——なんなんだ、一体。

ぼんやりと中馬の手の動きを目で追う久我山は、その手が不意に自分の元へと近づいてきてはっとなった。

「なっ、なにっ？」

ソファの上の体を咄嗟《とっさ》に反対方向へ引かせる。中馬は腿《もも》の上で摘《つ》まんだ蟹の身を見せると苦笑した。

「これ、落ちてたから」

「ああ……」

「スーツ、シミにならないかな」

「だ、大丈夫、ど、どうせもうクリーニングに出すつもりだったし」

「そう、びっくりさせてごめん」

「べつに……」

謝られるといたたまれない。スーツを着たいい年した男が、生娘のごときうろたえようで、しかもそれを嘲笑《あざわら》うどころか気遣われては冗談にもならない。

隣から送られる妙に優しい眼差しを感じて、久我山は皿に視線を落としたままむすりと問う。

「……なに?」

「いや……ごめん、今日は来てくれて嬉《うれ》しいなと思って」

だからなんで謝るのか。

なんで嬉しいなんて男相手に臆面もなく言って、なんで自分はそれに対して毒舌で突っぱねることもできずに、俯いて頭に血を上らせたりしているのか。

きっと顔が赤い。

食べれば赤くなる成分でも蟹に入っていればごまかしが利くのに。フラミンゴの紅色の羽色が、藻類やプランクトンに含まれる色素、βカロテンの摂取により色づくように。

フラミンゴの色なんて、やっぱり地球の裏の天気より興味はないけれど、久我山は仕事絡みで学んだことはけっして忘れない。

そして思い出した。フラミンゴは食料で色づいているだけでなく、自ら色鮮やかに染まるよう仕向けていることも。

自身の魅力を高めるために。

余計なことを思い出してしまった久我山は、赤い顔を誤魔化《ごまか》そうと、ぶっきらぼうに言った。

「ワイン」

「え？」

「ワインもっともらえる？」

飲むしかない。まだ空にはなっていなかったが、中馬は二人のグラスに追加で白ワインを注いだ。

「じゃあ、蟹に乾杯」

「蟹にって、なんだよ。どうせなら……俺の仕事でも祝ってくれ」

「って、もしかして祝えるようなことが？」

「まぁね。まだレースに参加できるって決まっただけだけど」

コンペの話をすると、中馬が期待していたとおりに喜んでくれるものだから、ますます頬が熱を持った。熱くなる傍から、ワインをビールのように喉《のど》に流し込み、どちらのせいか自分でも判らなくなる。

ワインだけでは前後不覚で泥酔することもなく、けれど皿の上の蟹が甲羅だけになる頃にはさすがに飲みすぎたなと思った。

「水、もらっていい？」

中馬に声をかけたのは、バラエティの後に始まったドラマも終盤に差しかかろうという時間だ。

許可を得てキッチンに向かった。

食器棚にグラスや皿がやはりたくさん並んでいる。グラスはペアが多い。

二つで一つ――いつもおぼろげに感じていた違和感の源を眺めながら、久我山は食洗機の中のシンプルなグラスを手に取り、浄水器の水を注いだ。

広いカウンターに寄りかかって飲もうとして、上に載っていた発泡スチロールの箱を肘《ひじ》で突いた。思いのほか軽く、滑った箱に焦る。

蟹が入っていたのだろう。ズレた箱の下から飛び出た伝票を何気なく指で摘まんで引っ張り出した久我山は、眠たげに重くなっていた目を瞬かせる。

「……買ったんじゃないかよ」

『納品書』と書かれた伝票に、にわかに中馬が自分で蟹を購入した疑惑が浮上した。なにが心づけだ。

でも、もしも自分と仲直りをしようと考え、用意したのなら――

「久我山くん、大丈夫〜？」

気分でも悪くなっているんじゃないかと、心配したのだろう。リビングのほうから響いた声にどきりとなる。カウンター越しに、テーブルの片づけをしている中馬の背中を覗いて確認すると、久我山は声を張って応えた。

「ああ、平気だから！」

右手に伝票、左手にグラス。発泡スチロールの箱の下に戻すにはどうしたものか。酔っ払いの頭では瞬時に判断がつかず、グラスを持ったまま片手で戻そうとして事態を悪化させた。

箱がまた滑って、今度はガラスの花器に突っ込む。幸い花器は無事だったものの、手前のものが玉突きでカウンターの端から落ちた。

「わっ……」

バサリというよりドサリと音を立てたのは、飴色《あめいろ》の分厚い大きなシステム手帳だった。中に挟まれていたものまで飛び出し、慌てて拾おうとしゃがみ込む。

薄っぺらな紙を最初はカルテかなにかだと思った。自宅に持って帰るはずもないが、医者なら縁がある。

「……なにこれ」

何気なく開いた用紙に、久我山は自分は酔っていたのだと今更自覚した。

ほろ酔いで温まった体がすうっと冷えるような感覚。頭のてっぺんから冷気が降りたみたいに、酔いが冷めていく。

「久我山くん？」

はっとなって頭上を仰いだ顔が、蒼白《そうはく》になっていたかは判らない。様子を見に来た中馬がカウンターの向こうから姿を現わし、声をかけてきた。

「中馬さん、なにこれ？」

久我山はぎこちなく唇を動かす。

返事は聞かずとも判っていた。

「離婚届って……あんたやっぱり結婚してるんだ？」

緑色の印字の用紙。特徴的な届出用紙には、左右の欄に共に名前が書き込まれている。

中馬史嗣。読みやすいボールペンの文字は、想像よりも力強い。強い力で、どこか久我山の中でなかったことになろうとしていた情報が、事実であったのを知らしめる。

「……久我山くん、知ってたのか」

「つい数時間前にね」

「数時間前？」

「帰りに電車で偶然あいつに会ったんだよ。タイキ……増田って言ったっけ。いろいろ話してくれたよ。あんたの大学のこととか、出身のこととか……この、芽衣子って人のことも」

目線で届の名を示しながら、久我山は立ち上がった。中馬の眼差しはいつもの穏やかさとも、ときに見せる鋭い冷ややかさとも違う。目が合うとただ気まずそうに揺らいだ。

「ああ……あいつはさ、そんな話よりもあんたが本当はいい奴だとか、優しいから嘘ついて合わせてくれただけとか、そんなことのほうが言いたかったみたいだな」

「泰希が……」

「べつにあんな奴、俺が庇う必要もないんだけどさ。あんたに口止めされたけど、自分を庇うためにゲイの振りさせ続けるのは申し訳ないって言ってたよ。なぁ、嘘なんだろ？　あいつのためなんて」

「……そうだね、正直に言えば彼も黙っていてくれただろうにね。君に知られたくないからって」

中馬が溜め息交じりに漏らした声に、久我山は絶句した。

「君に黙っていたのは謝る。でも、彼女はここにはいない。もうずっと前から離れて暮らしてるんだ。四年前からね」

「四年って、どういう……」

「性格の不一致ってやつかな。こっちに来てから彼女とはだんだん溝ができて、四年前に出て行って、離婚届を突きつけられたのが三年くらい前。もう彼女には新しい彼もいるらしいんだ

けど……噂で聞いた話じゃ、患者の会社員らしい。ああ、彼女も医者なんだ。市電の駅の近くにある中馬医院ってところ」

あの看板の目立っている病院だ。

やはり無関係ではなかったのだ。

「でも、まだ離婚したわけじゃないんだろう？　これがここにあるってことは」

「そうだね。でも……ようやく俺も踏ん切りがつきそうなんだ。変な意地張るのはやめて、彼女を自由にしてあげなきゃならないって……いや、そうじゃなくて、俺のほうが自由になりたいと思うようになったのかな」

揺らいでいた視線を、中馬が真っ直ぐに自分に向けた。なにを語ったわけでもないのに、思い出したのはこないだの夜のことで、ベッドの上での行為がフラッシュバックする。

自分ばかりが興奮していた、まるで実験みたいだったあの行いを。

「久我山くん」

突っ立ったまま硬くした身に伸ばされた手に、我に返った。

久我山はその手を払い落とした。

「……ふざけやがって、バカにすんのも大概にしろ」

「……君を馬鹿にしたりしていない」

「人をからかうのは楽しかったか？　ゲイのふりして、俺が狼狽《うろた》えたり、絆《ほだ》されそうになったりしてんの見んのは面白かったかよ⁉　あんた、サイテーだなっ！」

こんなことが言いたかったんじゃない。

こんなふうにしたかったんじゃない。

ただの隣人。ただの飲み友達であれば、こんな激昂《げっこう》はあり得ないことは頭のどこかで判っていた。

「俺に触んなっ！　最初から胡散臭《うさんくさ》いと思ってたんだよ！」

指先が触れるのも堪えられない。皮膚がぴりぴりするときのような心のひりつきが、どこから生まれているのか。

「久我山くん‼」

生まれる場所ごと投げ捨てられたらよかったのに。心は切り離せないから、久我山は呆然《ぼうぜん》となる男をその場に残して逃げ出した。


中馬を振り切って、玄関から表に出た。

二度も続けて飛び出す羽目になるなんて、ふざけている。しかもまた酔っ払いだ。

時刻はこのあいだよりもずっと早いにもかかわらず、人気《ひとけ》のない路地は並んだ街灯の明かりも弱々しく、深い闇に飲まれているように感じた。

月がない。樹木を打つ雨音。帰宅時に綺麗な夕焼けが広がっていた空は、夜半過ぎから雨に変わっていた。

マンションはすぐ隣だ。入口側に回るにはやや距離があるものの、久我山は小脇に抱えて出たスーツの上着を傘代わりに、迷わず雨の中へ躍り出た。強い風に不穏に空気がうねり、重たい雨粒が身を襲う。翻《ひるがえ》る上着は雨避《よ》けにもならない。

判断を誤ったことに気づいたのは、マンションの数段のポーチを駆け上がって、エントランスに飛び込んでからだ。上着を下ろそうとして、手の甲を伝う鈍色《にびいろ》の雫に気づいた。

灰雨だ。

いつの間に噴火したのか。降灰は昼夜問わず、天候にも合わせてくれやしない。雨の中を舞う灰は泥と変わり、たとえ傘を差していても、僅《わず》かでも当たれば忌《い》まわしい汚れを衣類に沁《し》みつかせることになる。

「……最悪」

肩を落とした久我山は毒づく力もなく、ぽつりとした声で漏らした。

とぼとぼとした足取りで、三階へ向かう。灰混じりの雨に打たれたライトグレーのスーツは鳥糞でも被《かぶ》ったみたいで、上着もシャツも水玉どころではない有様だった。

蒸し暑く空気の籠もった家に入り、洗面所でスーツのジャケットとスラックスを脱いだ。汚れた衣類のやり場に困ったが、考えるのも億劫《おっくう》で、隣のバスルームに投げ入れる。

不意に雨粒ではない雫が頬を伝うのを感じた。

鏡に映るひどい顔。バシャバシャと顔を洗って、灰の汚れは流せても、身の内から湧き上がるものは涙腺を使ってまた湧き上がり、ぽろぽろと熱い粒となって頬を伝う。

「なんで泣いてんの、俺」

腹を立てているのではない。

今判った。自分はただ哀しいのだ。

中馬の説明は淡々としていたが、出て行った女を未だ忘れられずにいるのなら辻褄《つじつま》が合うことがある。

あの庭の花々。ガーデニングなど興味がないと言いながら世話を欠かさず、灰の降った後には気の遠くなるような作業で庭を蘇《よみがえ》らせる。ただ残された庭というだけでは、そこまでのことはできないだろう。

中馬は無自覚だろうとずっと待っているのかもしれない。彼女の帰りを。

——だったらなんだ。

別れを突きつけた女を中馬が未練がましく想っていようと、自分には関係がない。頭ではそう判っているのに、どろどろとした感情に飲まれる。

自分はゲイじゃないし、あいつもゲイじゃないわけで、なんでこんなめんどくさいことになっているのだろうと思う。

火の気がないはずのところに立った煙みたいだ。

「……俺はホモじゃねぇし……って、ホモって言ったらダメなんだっけ」

ゲイ、同性愛者……馬鹿馬鹿しい、言い換えたところで一人きりの部屋では誰も聞いちゃいない。

「ホモじゃねぇからっ……だいたいあんな奴、最初っから嫌いだったし！」

最悪だった。顔を合わせるごとに剣呑《けんのん》な言葉の応酬。隣家の庭先で出くわしたときなど、初めは愛想よく話していたくせして、自分と判った途端に手のひら返し。バスの中でのやり取りの酷さときたら、イケズ野郎の本領発揮だ。

ああ、本当にムカつく。

あれが、あいつのファーストインプレッション――

違う。

最初はそうじゃなかった。

『すみません』

柔らかなトーンでかけられた声。眦《まなじり》のやや下がった眸を優しそうだと思った。じっと見つめ返してしまい、自分は口を開きそびれた。

「なに、それ」

その場にしゃがみ込んだ久我山は、ゴンと音を立てて洗面台の縁に頭をぶつける。

「いや、ないし……一目惚《ぼ》れとか、ないから。だって、俺は女が好きだし、自分のことはもっと大好きだし……あいつのこと、好きとか絶対ないから」

ゴンともう一度頭を打ちつけたら、痛くてまた涙がぼろぼろ出てきた。


明け方、体の節々の痛みと、窓から差し込む日差しで目が覚めた。

久我山はソファで寝ていた。丸めた身を伸ばし、ギシギシと軋《きし》む節々を感じながら、肘《ひじ》をついて身を起こす。不快感を覚えた頭を指先で掻《か》くと、ぱらぱらと乾いた砂のようなものが髪の毛の間から落ちてきた。昨日の灰だ。

結局、昨晩は顔だけ洗って、シャワーも浴びずにこんなところでふて寝したのだ。

今日は金曜のはずだ。当然、数時間後には出社時間で仕事が待っている。腫《は》れぼったい目でぼんやりと部屋の一点を眺める久我山が、きびきびと働けるような状況になくとも。

——会社、行きたくない。

入社してもう六年になるが、初めて出社拒否をしたくなった。突然ＣＤの辞令が下りて四面楚歌、針のむしろの日々が始まったあの頃にもなかったことだ。元々好きで入社した職場だし、負けたくなかった。

けれど、失恋に勝ち負けはない。

失恋なんて単語をすらっと頭に思い浮かべてしまった自分に、久我山は頭を抱える代わりに項垂《うなだ》れた。今世紀最大のみっともなさ。この自分が、負け犬に成り下がる日が来るとはだ。

絶対に酷い顔をしているし、頭だってなにも考えたくない。そうだ体調が悪いって言おう。仮病で有休消化だ。頭痛、腹痛、インフルエンザなら効果絶大だが季節外れだし、週明けから出社しづらくなる。やはりここは無難に夏風邪でも引いて高熱を出したことにしよう。そうだそれがいい。

回らないはずの頭は、病欠の理由を考えるうちに起動を始める。

久我山ははっとなった。来週に控えたプレゼンの準備がまだ残っている。資料はほぼ完成したが、リハーサルがまだ一度もできていない。久我山は準備はどこまでも入念にしておきたいほうだ。リハーサルで何度も流れを追うことによって改善点を見つけたり、当日の自信にも繋がる。

けれど、今はそれさえもどうでもいいことのように思えた。

ソファからずるりと身を落とし、四つん這《ば》いで窓辺に向かう。スラックスは脱いでバスルームに放置したから、シャツの裾《すそ》から出ているのは素足だ。

どうせ身を削って頑張ったところで、コンペに受かる確率は低い。コンペに落ちればなんの実績にもならない。すべてが馬鹿馬鹿しいことのように感じられた。

部屋に風を通そうと窓に手をかけ、からりと開けると、床にへたり込んだ久我山の顔を僅《わず》かばかりの風が掠《かす》めた。

昨晩あんなに降った雨はもう上がり、綺麗に晴れ上がっている。

むかつくほどの青い空が覗く。

憎たらしい太陽は今日も眩《まぶ》しい。

白い日差しを受ける久我山は、重い目蓋《まぶた》の目でただ視界に収まるものをじっと見つめる。今日も昨日も、この部屋に越してきたときからずっと目にしている見慣れた景色を眸に映した。

雨に灰を洗われた朝の街並み。

その先の海の青。

そして——

緩い風に煽《あお》られた髪が、宥《なだ》めるように頬を撫《な》でた。


「久我山さん、待って！　待ってくださいっ、あっ、わっ！」

新留はただエレベーターに乗るだけのことにもたつき、段差があるわけでもないのに躓《つまず》いて、抱えていた筒型の書類ケースを転がした。

「大丈夫？」

拾い上げる久我山はいつものスーツ姿だが、新留は普段の流行や女っぽさを意識したガーリッシュなスタイルではなく、シンプルなタイトスカートの紺スーツだ。

大安吉日とお日柄もよく、勝負の日がやって来た。約束の時間まであと十分。今日は午後から鹿児島コンベンションビューローの会議室で、プレゼンテーションだ。

プレゼンは舞台だ。観客は広告主、演者は広告代理店の敏腕プレゼンターたち。少数精鋭の鹿児島支局では先に挨拶に訪れているはずの営業を除けば、CDの久我山と、AD兼コピーライター兼プランナー兼いろいろの新留だけだ。緊張するのも無理はない。

プレゼンでは基本自社の演目に力を入れるだけでなく、他社の演目にも探りを入れる。アイデアが被っては意味がないし、演者の人数や、仕込みがないか観客との関係性もできれば把握しておきたい。けれど、今の支局にはそこまでの余力はなかった。

「ああ、どうしよう、緊張してきました」

「新留さん、リハーサルどおりやればいいんだよ」

「えっとこんなときなんでしたっけ、そうそう、大の字、大の字」

人の字だ、しかも何人飲む気だ。

ダメだ、完全にテンパってる。

「新留、行くよ！」

埒《らち》が明かないとばかりに、久我山は強い声で言った。一度は寝起きの弱気で放り出しかけたプレゼンだったが、とりあえずやれるだけの準備はしたつもりだ。

「ＳＮＳで喜びの報告、したくないのか？」

「えっ、あっ、はい」

うろたえながらも肯定の返事をして共にエレベーターを降りる彼女に、久我山は頰を緩めた。

もっと負けの許されない責任重大なコンペに関わったこともある久我山は、けっして舞い上がったりはしなかったが、風向きはよくない中で始まった。

まず、広告主側に若い人間がほとんどいない。会議室のコの字に組まれた長テーブルには、左手にずらっとコンベンションビューローの職員が着席していたが、お偉いさんを筆頭に頭の固そうな年配揃《ぞろ》いだ。今回の依頼の窓口となっている担当者の男は二十代と若いものの、発言力など望めないとすぐに判るほど周りの顔色を窺っていた。

果たして依頼のターゲットの年齢層が若者であることを、理解しているのか。

紙束の資料にざっと目を通してもらいつつ、説明をしているうちはまだよかった。プレゼン用に作ったデモ動画を持ち込みの小型プロジェクターで映し始めた頃から、雲行きは大きく荒れた。

灰の降る街の映像に、会議室のどこからともなく失笑が零れる。

「ないな」

しまいには、話も終わりきらないうちから、野次に等しい声が飛んだ。

「久我山さんとおっしゃいましたね。失礼ですが、東京から来られたばかりとか」

手厳しいのは、コンセプトだけが理由ではないらしい。もちろん出身を明かすことなどしていなかった久我山は、右手の端にいる支局の営業の男を睨んだが、『違う、違う』と焦り顔で首を振っている。どうやら、ライバルはこちらに探りを入れ、印象操作も仕掛けておいたらしい。

プロジェクターの傍らに立つ久我山は、にっこりと極上スマイルを浮かべて見せた。

「ええ、ご縁あって先々月こちらに越してきたばかりです。皆様はご出身はどちらですか？」

霧島《きりしま》市、枕崎《まくらざき》市、姶良《あいら》市——鹿児島市以外の出身も多く占めるが、全員県内の出身者である。中央嫌いがビリビリと空振のように伝わってきそうな自己紹介だ。

「ご存じのとおり、土地にはそれぞれ長年住み続けている方には判りづらい魅力というものもあります。銀世界に心躍らせる道民は少ないですし、沖縄人も海の青さにいちいち目を輝かせたりしないものです」

「桜島の噴火もそうだと？　あなた方は降灰でエッジの効いた広告とやらを作りたいようだが、我々も観光に利用しようとしてきた。灰を原材料に作った土産品だって……」

「ガラス工芸品ですね。あれは正直、失敗だったんじゃありませんか？　コストに対して見栄えがあまりよくない」

すかさず答える。そのくらいの前例は調べ済みだ。

「過去の失敗の原因は土壌作りです。甲子園《こうしえん》の土が球児が泣きながら袋に詰めるほど魅力的なのは、思い入れがあるからです。まずは思い入れ……関心を得ることから始めませんか？　それには従来通りではない広告が必要です」

「それが灰の街の映像だと？　パンフレットの表紙に、戦時中めいた暗い灰色の写真を載せろと？」

「ええ、噴火は県民にとっては日常茶飯事、降灰はありがた迷惑……いや、ただの迷惑でしかありませんが、観光客にとっては違います。見るもの触れるもの新しい。火山灰の感触を彼らは知っているでしょうか？　噴煙に覆われた、昼でも明かりを灯す街の暗さは？　天体観測では太陽の陰りを日食ショーと呼び、皆既日食に至っては僅か数分のために観測地点が町興しになるほどの騒ぎだ。今やネットで多くのものが疑似体験できる時代だからこそ、実体験でしか味わえない本物の感動が価値を持つ。そのための火山島が、この街にはあるんですよ」

久我山はにっこり笑んだ。誤魔化し笑いも多分に入っているが、出身と新参者がバレてしまったからには、番狂わせも逆手を取って利用するしかない。

「実はですね、僕はずっと越してきてから判らないことがあったんです。何故、あの島の周りに今もこんなにも大勢の人が住んでいるのかということです」

不便極まりないにもかかわらず、桜島の傍に住み、桜島をありがたがる。

明確な答えはあまり知られていないのだろう。久我山の問いかけに、答えを寄越す者はいなかった。

「僕は桜島ビューのおかげで少し判ってきました」

「桜島ビュー？」

「僕の自宅の窓です。最初は山なんて見えなくていいと思ってたんですけど。ははっ、今は僕のお気に入りで、桜島の見えない窓なんて考えられないほどです」

クソッタレ。未だ見る度に向かっ腹の立つ山だ。

我が物顔で灰をまき散らし、週末を洗車に費やさせ、給料を注ぎ込んだ高額スーツを一瞬で燃えるゴミ行きにした。

窓辺で何度かの山に向かって中指を立てて見せたか判らない。

大嫌いだ。見る度に地方に飛ばされた我が身を呪う。負けるものかと誓う。美しいと思う。

そう、太陽の光を受け、青空の下で我が物顔で輝くあの山を、どうしても美しいと心が感じてしまう。

やる気に満ち溢《あふ》れ、爽《さわ》やかに目覚めた朝も。

ボロ布のような姿で、泣いて目覚めた朝も。

一晩中降り注いだ雨に隅々まで灰を洗い流された街は、色鮮やかに輝いて見えた。

キラキラと街も海も眩しく光を放ち、その先であの島がいつもどおりに元気に噴煙を上げていた。

美しい。そうだ、とても。

「降灰が嫌だとか、夏が憂鬱《ゆううつ》だとか口では言いながらも、朝目覚めてその姿を見れば癒《いや》される。

力強く噴煙を上げる活《い》きた山に躍動を感じて、自分も今日も一日頑張ろうと心を奮い立たせることができる。桜島はこの街のシンボルであり、スピリットです。今の僕はそう感じてるんですけど、違いますか？」

問いに、野次や否定が返って来ることはなかった。

どうしてだろう。まるで言葉が自分の本心であるかのようだ。東京に帰りたいがため、コンペのために関心を寄せただけに過ぎないはずの島のことを、こんなにも熱く語っている。

「僕は美しさだけじゃない、あの島の魅力を全国に届けたい。ここへ足を運んでほしいんです」

「し、しかし、絵になるほどの降灰は夏場でもいつも起こるわけじゃ……」

「皆既日食ですよ。いつも起こっていては、ありがたみも薄れます。ハズレもリピートの材料に変えるんです。ハズレは従来通りの美しい桜島と街ですから、満足度の高い旅に変えるのは難しいことじゃないでしょう」

いつの間にか、灰の降らない日のほうが憂慮されている。観客である広告主を巻き込み始めた演者こと久我山は、台詞《せりふ》を続けた。

「降灰のほうも、多少の脚色はするつもりです。先ほどのドキュメンタリー調の映像以外にも、ファンタジーテイストを考えています。画面にエフェクトをかけ、再生速度をスローダウンする。プロがちょっと手を加えるだけでスクリーンにも堪えうる映像美です。予算に合わせた女優に歩いてもらう、なんてのもいいですね。とりあえず、もう一本そちらを見てください。新留くん」

後により美しく繊細なデモ動画を回したのは、もちろん計算だ。ぼうっとなっていた新留が、声かけにはっとなったように準備を始める。

久我山は「ああ」と声を発し、会議室を見回し付け加えた。

「それから、僕もよそ者ですが観光客もよそ者であるということを、どうかお忘れなく。弊社には全国のよそ者と繋がるネットワークがあります」


夕方、会社に戻ると支局長が待ち構えていた。

どうせ形ばかりの出来レースな上に、実験的なアイデアを持ち込む新入りのせいで負け戦だと決め込んでいるのかと思えば、それなりに期待をかけてそわそわしていたらしい。

とりあえず手ごたえは感じられたことを報告し、久我山はデスクを離れる。

「おやっとさぁ、きゅはてげてげ……」

「お疲れ様です。結果は待つのみですし、今日はてげてげで帰らせてもらいます」

労《ねぎら》う支局長に、笑んで返した。

「新留さん、お疲れ様でした」

早速SNSの更新でもするつもりなのか、定時を回ってもノートパソコンを開こうとしている隣席の新留にも声をかけ、久我山は帰り支度をすませる。

九月に入り、鹿児島といえど気温も和らぐ日が増えた。ビルを後に、穏やかな夕暮れの街へ出ると抑え込んでいたかのように溜め息が零《こぼ》れる。

「疲れたな」

そうは言っても、心地のよい疲労感だ。緊張から解放されて脱力していると言ったほうが正しい。市電の停留所に向かいながら、自然と手がスーツの下のシャツの胸ポケットに伸びた。硬い携帯電話の感触を指先で感じながらも、取り出すことはしなかった。

今メールを送りたいと思っている相手には、もう送れない。

大仕事を終えた喜びを伝える相手がいないのを、少し残念に思いながら帰路につく。

そう高くはない建物の並ぶ街並み。見慣れたビルに縁どられた、見慣れた夕焼け空。いつもの角を曲がれば電停が見えてくるというところで、久我山は空を軽く仰いだ顔を呼ばれて元に戻した。

「久我山さん」

角から出てきた女性が、自分の姿に驚いた表情を見せる。

シンプルな丸襟のブラウスに、膝丈のスカートだが、サイドで一纏《ひとまと》めにした長く艶《つや》やかな髪が印象的な美しい女だ。

久我山は久しぶりに目にした彼女の名を思わず口にした。

「……夏見《なつみ》さん」

『周りが若い頼りないっていうのに、勝手にCDにしておいて、今度は転勤ですか！』

三ヶ月前、そのフロアに抗議のために向かった久我山を出迎えたのは、人事部長の冷ややかな視線だった。それから、フロアに張り巡らされたガラスの仕切り越しの好奇の視線。

東京本社のフロアは、各種メディアでも紹介されたことのある開放的なカフェ風のオフィスが自慢だ。

『君ねぇ、辞令に難癖つけにくるなんて前代未聞だぞ』

『納得できる理由なら文句は言いません』

久我山は半年かけて準備したプロジェクトが、日の目を見ようとしているところだった。それを『九州《きゅうしゅう》のこれからの発展の要となる鹿児島支局の強化のため』に、チーム外のCDに丸投げして出て行けと言われても納得できるわけがない。

『身に覚えがないと？』

『ええ、ありませんね。どこかのセクハラストーカー上司と揉《も》めたこと以外は！』

久我山は強く抗議した。

もちろんそんな『揉め事』を人事部で起こしたところで、ガラス越しの観客を喜ばせるだけで、なにも変わらなかった。いくら見た目ばかりオープンなインテリアに囲まれても、そこで働く人々の意識が変わらなければ、会社なんて古臭い体制のままだ。

「久我山さん、本当にごめんなさい。私があなたに助けを求めたばっかりに……」

思いがけず歩道で会った彼女とは、電停の近くにあったカフェに入った。

テーブル越しに向き合った夏見真結《まゆ》は、久我山に深々と頭を下げる。

どうせこんな話になるだけだと判っていた。のらりくらりとかわして会おうとはしない久我山に業を煮やし、彼女は支局を訪ねようと、有休を使って鹿児島までやってきたらしい。

「すみません、判ってます。こんなことをしても、私の自己満足なだけだって……でも、直接会ってお詫びだけでも伝えたくて……」

「……夏見さん、このカフェさ、本社に似てると思わない？」

「え……？」

「いや、波打ってるガラスの仕切りの感じとか。結構オシャレだよね」

久我山は運ばれてきたカップのコーヒーを飲みながら、店内に視線を巡らせた。遥々《はるばる》やって来た彼女の気持ちを無視しようというのではない。

「もう気にしなくていいって何度も言ってるのに。けど、ありがとう。実は一つだけ、引っかかってたことがあったんだ」

「なんです?」

「どうして俺を彼氏に選んだの? 彼の振りをする男が欲しいなら、ほかにも適任はいたでしょ。噂でも聞いてた? 社内の女関係が乱れてるみたいだから、俺なら一人くらい増えてもおかしくないだろうって?」

夏見はテーブルに置いたままのカップに視線を落とした。責めるような口調になってしまったが、ただちょっと確認しておきたくなっただけだ。

彼女はゆっくりと言葉を選ぶように口を開いた。

「飲み会で……前にクリエイティブの人たちと一緒になったことがあるんです。そこに久我山さんがいました」

「……飲み会?」

「ええ、大人数だったから、久我山さんは覚えてないと思います。そこで……デザートを頼んで席を立った女の子がいたんです。すぐ戻ってくるつもりだったんでしょうね。でも、デザートのほうが先に来て、アイスがどんどん溶けていって……話すのに夢中で誰も見てもなかった。私は気づいてたけど、心の中で『あーあ』って思っただけ。けど、斜向《はす》かいの久我山さんがそれを取って新しいのを頼んだんです。女の子が戻ったときに新しいデザートがやってきて、彼女、『ちょうどよかった』って喜んでました」

夏見の話は意外だったが、大した話ではないと感じた。現に言われるまで、久我山は思い出しもしなかった。

「……そう。気が利くと思った？　これでも基本、女の子には優しいから……」

「久我山さんは、彼女に新しいものを頼んだことを言いませんでした。溶けたアイスを代わりに食べたことも」

夏見は意志の強そうな目をして、真っ直ぐに見つめ返してきた。

「だからきっと……私は、久我山さんならと思ってしまったんです」

一時間ほど話をして店を出た。

セールスプロモーション部の夏見は、九月末でメディアプランニングの部署へと異動が決まったらしい。仕事はなにがあっても辞めずに続けるつもりだと彼女は言った。でなければ、鹿児島に飛ばされた哀れな男に申し訳が立たないとでも思っているのだろう。

久我山には、どちらでもいいことだったけれど。

鹿児島中央駅近くのホテルに泊まる予定だと言うので、駅まで送った。もう街は夜だ。駅前広場の電停で路面電車を降り、赤いトサカめいた観覧車の回る駅ビルに向けて歩いていると、また思ってもいなかった人物に出くわした。

東口で別れるつもりだった夏見が、まだ少し手前にもかかわらず「では、ここで」と言葉を挟《はさ》む。

「急に押しかけてきたりして、すみませんでした」

深く一礼をして、彼女は久我山の元から離れた。とても気安く手を振って別れる雰囲気ではない女の後ろ姿を、久我山は少しの間見送った。

「随分、礼儀正しい美人だね」

後ろに並び立った背の高い知人の男が、ぽそりと感想を口にする。隣人だと紹介したところ夏見は気を利かせて行ってしまった。

「ていうか、彼女帰らせていいの？」

「彼女じゃないよ」

「……遠距離、上手くいかなかったとか？」

明後日《あさって》の方向に想像を膨《ふく》らませる中馬を、軽く睨《にら》んだ。

「だから、恋人じゃないって。ただの元同僚だ」

予想外のタイミングで中馬に会ってしまったせいで、どんな顔をしてなにを話したらいいのか判らない。おかしなことに、カードの裏の裏が元通りであるように、結局こうして普通に話をしてしまっている自分がいる。

家に帰るところだと言うので、揃ってバス停に向かった。市電でもいいが、ここからだとバスのほうが便利だ。

スーツの上着の裾が翻《ひるがえ》るほどの急ぎ足で、黙々と歩こうとする久我山の背に、中馬はまだ終わっていないとばかりに問いかけた。

「彼女じゃない同僚が、東京からわざわざこんなところまで？」

結婚について話さずにいた中馬を責めたけれど、自分もけっして東京での生活を包み隠さず話していたわけではなかった。

本当のことを話していない。

「彼女には、恋人の振りをしてくれって頼まれてた。半年ほど前かな……上司にストーカー行為を受けてて、会社に相談しても相手にされないって。仕事のつもりで何度か行った食事を、デートだと思い込まれたのがきっかけだってさ」

「……まさか、恋人がいると言えば諦めるだろうって？　それで君を？」

「そう簡単にいかないんじゃないかと思ったけど。案の定呼び出されて、『そいつに弄《もてあそ》ばれてるだけ』だとか、『目を覚ませ』だとか彼女も言われて散々。目を覚ますのはおまえだっての」

思い返す久我山は、自然と眉根《まゆね》を寄せた。

彼女に言われた大昔の居酒屋のアイスのことなど覚えていなかったが、セールスプロモーションヨン部の上司とのやり取りは覚えている。

久我山も堪えていたものが切れた。

『目を覚ますのはどっちだって話ですよ』

男に向かって、清々しいほど高慢な面して言ってやった。

『僕の評判はよくご存じみたいですけどね。だったら女関係じゃなく、仕事のほうもご存じでしょ。若くて仕事もできて将来は有望、おまけにイケメンの僕より、くたびれた永久課長止まりの中年男が彼女に選ばれると勘違いできる理由はなんですかね？』

正直、部署が違わなければこんな啖呵《たんか》は切らなかった。計算高く考えたつもりが、誤算で地方へ飛ばされ、キャリアも失い、本当に馬鹿だったと思っている。

「だから、昔も今も彼女は恋人じゃない」

自分と彼女と、それからクソッタレの課長。三人しか知らないやり取りを、久我山は中馬に打ち明けた。

バス停の乗り場に着いたが、静まり返ってしまった背後を振り仰ぐ。

「なんだよ、男前だって感心したか？」

「いや、相変わらず口が悪いと思って」

「素直じゃないな、あんたも大概」

「お互い様だろう」

言葉を失っていた男は、久我山が苦笑すると微《かす》かに笑い返した。

「ははっ……」

「でも、僕は君のそういうところが好きだよ。無駄に見栄っ張りで、曲がってないのに、曲がった振りするところ」

はっとなって中馬の顔を見る。冗談を言っているようには見えなかったけれど、ここは駅前のバス停だ。七時を回ったばかりで人気《ひとけ》も多く、相変わらず整列乗車のマナーが怪しいバス停は、虎視眈々《こしたんたん》のポジショニングでバスを待つ乗客たちで人だかりができている。

軽口以上の気持ちをぶつけるような場所ではない。

「そういえば、あんた仕事は？　もう終わったのか？」

半袖のシャツにチノパン。カジュアルな姿だが、元々中馬は病院への通勤にスーツを着ていないため、仕事なのか休みなのか判断がつきにくい。

「今日は午後は早引けさせてもらったんだ。役所に行って離婚届を出してきた」

「え……」

「彼女にも連絡して、提出することは伝えたよ。ホッとしてるみたいだったね」

その内容にも、こんな場所でさらりと教えられたことにも驚いて、久我山は突っ立った身を硬直させた。

どうやらバスがやって来たらしく、人だかりがざわりと動く。

「……そっか。まぁ俺には関係ないけど」

狼狽《ろうばい》しつつもそう返し、バスのドアめがけて動く人の流れに乗っかろうとすると、スーツの腕を摑まれた。

「ちょっ……放せよ！」

「君に……君ともう一度話すには、彼女のことをちゃんとしないと駄目だと思った」

それで離婚届を出したとでも言うのか。

「なんで先週あんなに怒ったの？」

引き留める男はその場からビクともせず、久我山が返事にもたつく合間にもバスの中へと人は消えていく。

「あ、あんたが嘘ついてたからだろ」

「確かに僕は嘘つきだった。でも、ただの近所の人なら、隣人が独身のゲイの振りをしていたからって怒ったりしないよ。せいぜい茶の間で噂のネタにするくらいだ」

「だからってべつに……」

「まぁ、あの家の近所じゃ僕が結婚していたことすら知る人はいないけどね」

話に違和感を覚えて、腕を振り解こうとしていた動きを止めた。

「彼女と別居したとき、あの家はまだ設計段階だったから。それなりにマイホームを夢見て計画したつもりだったんだけどね。結局ずっと一人暮らしだ。昔馴染みも泰希ぐらいしかいない街でなにやってんだろうって、コンビニで弁当選んでるときにふと思ったりね」

「だからそれは……また奥さんと暮らしたいって思ってたからじゃないのか？　三年も届を出さなかったのだってっ」

言葉にすると、ツキンと胸のどこかが痛んだ。自分の考えを認めたくない裏腹な気持ちが、右と左、上と下だかよく判らない方向に、心を裂こうとする。

結局その場から一歩も動けないまま、バスはドアを閉じ、たくさんの人を乗せて走り出して行った。その場には久我山と中馬と、僅《わず》かな人だけが残される。

「三年なんて、考えるのを放棄すれば案外あっという間に過ぎるもんだよ。別居もね。誰も傷を負わずに結論を出したような気になれる、便利な魔法だ」

「で、でも……」

「こないだは詳しく話さなかったけど……彼女と最初に溝ができたきっかけは、浮気を疑われたことなんだ。こっちに来てしばらくは病院の人手が足りてなくて、ずっと忙しくて、帰れない日も多くて。僕としては、彼女に合わせて鹿児島まで来て、仕事も忙しくて、こんなにくたくたに疲れるほど頑張ってるのにふざけんなって呆《あき》れた」

淡々とした口調で中馬は話すも、久我山の腕を握る力だけは変わりなかった。まるで、ただ一つ残った放したくないものであるかのように。

「……それ、ちゃんと言ったのか？」

「言ったよ。でも彼女曰《いわ》く、僕は誰にでも優しくて、誰にでも冷たい……そういう男なんだそうだ。鹿児島まで来たのも愛情というより、東京に未練を持たないからだって……どれだけ薄情な男と思われていたんだろうね。『傷ついた顔しても、すぐに私のことは忘れられるくせに』とも言われたっけ」

軽く顔を俯かせ、男は自嘲《じちょう》的に笑んだ。

確かに誰にでもそつなく優しいところはあるけれど、久我山は中馬が情に乏しいとは思えない。バスの中で泰希のために怒った中馬は、偽物じゃなかった。自分に恥をかかせてくれた、あのときの悔しさは本物だ。

「そこまで言われたら、僕もムキになってね。このまま東京に帰ったら、本当に彼女の言う割り切りのいい人間だと肯定するみたいで、悔しかった。まぁそんな意地のために家を建てるなんて、ホント馬鹿げてるんだけど」

久我山が夏見とのことを他人に話したのが初めてであるように、中馬もきっと誰かに打ち明けるのは初めてなのだろう。優しげな眦の眸が、一瞬頼りなく揺れた。

「……違う。あんたはただムキになったわけじゃない。傷ついてたんだよ。だから庭だってあんなに真剣に世話して……彼女が欲しがった庭なんだろ？」

初めて庭先で目にした、ドカ灰のあの夜。

暗がりに沈んで表情の窺えなかった中馬の横顔。

「中馬さんのそういうところ、俺も好きだけどね。案外、自分のことに疎《うと》いんだ？」

励まそうと、少し軽口を叩いてみたつもりだった。

けれど、一時前の賑やかだったバス停と違い、人気の少なくなった静かなバス停では、声は思いのほか大きく響いた。大きいのにどこか密《ひそ》やかで、それはまるで秘めた思いであるかのように、ふわりと音になる。

「えっと……」

自分の発した焦りの声すらも。

目が合って、そして逸らした。

またバスがやって来る。遅れて連続したのか、今度は乗客が少なくて、誰も争うことなく座ることができた。

バスの中では、ほとんど会話はしなかった。

あの日、出会った日はただムカついて、同じ距離にいても名前も過去も知らず、ただバスに揺られていたのに。たった二ヶ月と少し前のことであるのが不思議に思える。

さっきツキンと裂けそうに痛んだ心は、今はカサブタでもできたみたいにむず痒《がゆ》い。剝《は》がしてしまいたいけど、剝がすのはまだ怖くて、ただずっとその傷の存在のことばかり考えてしまうような、そんな感覚をずっと抱え続けた。

バスを降りて、どこへも寄ることなく家路を歩いた。高台の眺めのよさが取り柄の家に向かって、並んで坂を上る。住宅道に続く街灯の明かりは、ぽつぽつと道しるべのように並んでいる。

「さっきさ……」

言葉を発した中馬は、坂道の先を仰ぐように見ていた。

「ムキになったって言ったけど、実はもう一つあの家に住んだ理由はあるんだ」

「……理由？」

自分でもおかしいことなのか、伏し目がちになった中馬はふふっと笑った。

「建てた家の窓から桜島を見たとき、この家に住みたいなって単純に思ったんだ。元気よく噴煙上げてる山を見るとね、東京へは帰りたくないなって。ここに住んでいれば、落ち込まないですむような気がした」

どこかで聞いたような言葉だ。

昼間自分が会議室で並べ立てた言葉に似ていて、くつくつとした笑いが久我山にもこみ上げてくる。

「ひどいな。なんでそんなに笑うんだよ？」

「いや、同じだなと思って。俺も、桜島に励まされたから。ムカつくけど」

みんなやっぱり同じなのかもしれない。だから、窓のフレームの中に島影を探してありがたがる。

「桜島ビュー万歳だな。ありがとう桜島！　桜島、ラブ！」

気恥ずかしさを誤魔化すように、自棄《やけ》になって声を張った。今は夜の帳《とばり》も下りて見えない遠い島まで届くはずもないけれど。

声を立てて笑って、調子に乗って後ろ向きに歩きながら右手を突き上げようとしたら、アスファルトの勾配でバランスを崩した。まるで酔っ払いだ。

「わっ」と情けない声を上げる。中馬が腕を差し出して抱き止めてくれなければ、地面へ転倒コースのところだった。

「ありがと……」

素直に礼を言おうとした久我山は、二、三度目を瞬かせる。

唇に柔らかなものが触れた。キスをされたことに驚く間もなく、言葉が降ってきた。

「俺は君のほうが好きだよ」


和やかに帰り着こうとしていた家までの残りの道のりは、ぎこちなく歩いた。

せっかく悪くない夜になろうとしていたのにと、隣の男に恨みがましく思う。

でも、不機嫌でも怒っているわけでもなく、ただ——

不意にスーツの腕を引っ摑まれて、びくっとなった。

「なっ、なに？」

「寄って行かないの？」

坂を上りきり、手前の中馬の家に辿《たど》りついたところだった。そのまま歩きすぎようとした久我山を捕まえ、憮然《ぶぜん》とした表情の男は訴えてくる。

「……な、なんで用もないのに寄らないとならないんだよ。言っとくけど、俺はもう蟹ぐらいじゃ乗せられないからな」

「蟹？」

「自分で買ったくせして。心づけに納品書が入ってるもんか。俺に嘘ついて、ちゃっかり騙《だま》して、ホント信用できないったら……」

恨み言を並べるのに合わせ、斜め上にある中馬の顔は、ボイル済みの蟹みたいにじわりと赤くなっていく。しれっと開き直るとばかり思っていた久我山は、少し驚いた。

「ひどいな、なんで見るんだ。君こそ、人のもの無断でチェックして、離婚届だって勝手に見て、信用ならない」

「なっ！　無断って、べつにわざとじゃ……わっ……！」

摑まれたままの腕を力強く引かれ、前のめりになった。中馬は門扉を開け、ぐいぐいと久我山を自らのテリトリーに連行する。

「ちょっとっ……」

抵抗できないわけじゃない。なりふり構わずスーパーでしゃがみ込んで駄々を捏《こ》ねる子供のように両手両足で踏ん張れば、びくとも動かずにすむ。判ってはいても、久我山は本気で拒むことができなかった。

悔しいけれど、嫌じゃないからだ。心の片隅で嬉しいと思っている。

そう、なりふり構わなくなっている男に。

「……ん…ぅっ」

玄関に収まったら、唇を塞《ふさ》がれた。紳士ぶったり、しおらしいことも話していたくせして、こんな場面になると意外に強引だ。

ムードも甘い言葉もない。

「なっ、なにすんだよ……」

ぐいと押し戻そうとする胸は重たくて動かない。

「なにって……嬉しかったから。君も俺のこと好きなんだって、判って」

「好きって……そんなの、こういう意味で言ったわけじゃなくて、あんたが落ち込んでるみたいだったから」

「……強情だな。ラブって言いなよ、桜島みたいに」

「……あっ……」

スーツのジャケットとシャツの間に滑り込んだ手に、びくんとなった。布越しに指の腹で乳首の周辺を摩《さす》られると、一時前まで性的なことなんてこれっぽっちも考えていなかった頭が淫《みだ》らな色に染まり始める。

「ちゅ、中馬さ…っ……」

縋《すが》るみたいな声が出て焦った。嫌だの違うだのと言っても、こんな声を出していては説得力がない。

微かに笑った男の息遣いが、耳元を掠《かす》める。

「スーツ姿、すごいそそる。病院はみんな白衣羽織ってる人ばかりだけど、それでも男のスーツなんて見飽きてるのにね」

スーツは似合っているとそれなりに自負しているが、そんな風にいかがわしい目で誰かに見られているなど考えたこともない。

「まぁ、スーツじゃなくても、君を見てるとそうなんだけど……ごめん、ほかにも謝らなきゃならないことがある」

「え……？」

「君が酔って間違えて寝室に向かったとき、僕は一度も止めなかった。それどころか、階段上がって行く後ろ姿にドキドキしたよ。ベッドに体火照《ほて》らせて横たわる君を見たら、もう……」

「ほてっ……て、へ、変な言い方すんなよ。酔っ払ってただけだろ」

「……うん、でも僕は興奮したし……興奮してるのに、自分がどうしたいのか判らなかった。君は男で、僕も男で……今まで同性をそういう対象として見たことがなかったから」

中馬がどんな視線で見つめていたか、判った気がした。今も、下りてくる眼差しが熱い。悪戯《いたずら》にワイシャツの上から久我山を撫《な》で摩《さす》りながら、戸惑う表情を覗き込もうとしてくる。

「判らないのに、想像した。もしも自分がゲイで、君を抱いたらどんなふうに乱れてくれるんだろうか……ってね。だから、あのとき君に痛いところを突かれて、むっとした」

「痛いとこって……」

「今ははっきり判るよ。妄想したいんじゃなく、俺は本当に抱きたいんだって」

両手がするりと下りたかと思うと背後に回り、久我山の身を抱き竦《すく》めた。

懇願する声が、耳の奥へと深く響く。

「ダメかな?」

男に本気で口説かれているなんて、眩暈《めまい》がする。しかも、その気などない自分と同じ異性愛者であったはずの男に。

長い腕に囚われ、からめとるように逃げ場を失わされて告げられた言葉に、久我山はずるいと思ったけれど、嫌だなんて言えなかった。

その背を抱き返してしまっていた。

二階のベッドに久我山を押し倒した男は、本当に余裕がない様子だった。『欲しい』『好きだ』、それらの言葉を代わる代わるに繰り返し、久我山がどうしたらいいかを考える間もなく、首元を締めつけていたネクタイを解いてくる。

ワイシャツのボタンは一つ二つと外された。平らな胸のどこに興奮するのか。白い肌の左右のアクセントに、中馬は指や舌を熱心に這《は》わせる。

そんなとこ、感じるわけない——そう思う傍から、ズキンとした疼痛《とうつう》のような甘い疼《うず》きが、腰の中心で湧き起こった。

「…あっ……はぁ…っ……」

二人分の吐息と、衣擦れの音。何度もじゅっと乳首を吸って舐《な》め尽くされ、もう溶けてなくなってしまいそうだと感じるのに、実際は硬く尖《とが》って存在感を増す。ぷっくりと浮いた粒を舌先で何度も弾かれ、久我山は羞恥《しゅうち》と快感で身を捩った。

「……可愛いな」

露《あら》わにした体を愛《め》でる視線に、ただでさえ熱を持ち始めた肌が火照る。

「可愛い……きれい……」

体の奥へと浸透する、低く艶やかな男の声。聞き飽きていたはずの賛美に思考を侵され、言葉に呼応するように肌は震えて、波立って、中馬にすべてを明け渡してしまいそうになる。

「あっ、も……言うなっ……」

「もしかして……俺に言われると興奮するの？」

「ちが……そんっ…なとこで……しゃべ…るから……」

「じゃあ、どこならいい？」

意地を張ったつもりが墓穴を掘った。答えにまごつく間に、服を脱がせる中馬の唇は大義名分を得て肌を探る。

「……ここかな？　それとも……」

「あんた……っ……オヤジ、くさ……い……」

「君よりいくつか早くオヤジに近づいてるしね」

「い、いいからもう……あんたも服っ、服脱げよっ」

自分だけが裸になることに抵抗を覚える久我山に、中馬は笑んで目を細める。「いいよ」と即答した男は、あまりに潔く服を脱ぎ捨て、ベッドの下に二人分の衣類の山ができあがるのはすぐだった。

状況は加速しただけに過ぎない。

「あ……」

こないだは無反応だった中馬の中心は、もう形を変えていた。びくっとあからさまに身を竦ませた久我山に、逃すまいと圧《の》しかかりながら男は問う。

「やっぱりさ、引っかかるんだけど……久我山くんって、本当に経験豊富なの？」

「なっ、なんで……豊富だって言ってんだろ」

女性限定なら。仕事の息抜きのデートなら。

久我山に興味を持つ女は昔から大勢いる。それらを試食で摘まんで回るみたいな恋をして――けれど、試食は味見に過ぎず、まるごと食べたわけではない。

まともに付き合っても長続きしなかった。セックスだって褒《ほ》められたい。なににおいても名前の呪縛に囚われる久我山は、コミュニケーションとしても欲望のはけ口としても気楽に構えることができず、溺《おぼ》れるどころか面倒になった。

「デートとセックスは違うんだけどな……まぁどっちでもいいよ、僕は君が怖《お》じ気づかないでいてくれれば」

まるで思考を読んだみたいに言う男は、優しげな声音で告げる。中馬が穏やかぶっているときは胡散臭いのだと、久我山はようやく察し始めていたけれど、組み敷かれてからでは後の祭りだ。

「ちょっと、待てってっ……」

「今、切羽詰まってるから、ダメと待ったはナシね。泣いてしまう」

「泣くって、嘘ばっかり……あっ……」

「……本当だよ。子供から遊園地に行く楽しみを奪うのは残酷だろう?」

「俺は遊園地じゃ…なっ……」

べろっと首筋を舐められて、ぞくんとなる。経験豊富らしい中馬は、園内の探索に躊躇《ためら》いがない。体を這い下りる唇はヘソの浅い窪《くぼ》みをなぞり、下生えの淡い茂みを掻き分けて、頭を擡《もた》げた性器にぞろりと舌を這わせる。

「……あっ」

「……可愛いな、もう充血してる」

「あ…ぅんっ……」

滑らかな皮膚はもうきついほどにピンと張っていた。膨らんだ先端を咥《くわ》えられると、中馬の口の中でしとどに濡《ぬ》れてくる。

他人の手や口に、こんなに大胆に弱い場所を弄ばれるのは初めてだ。口淫《こういん》を施しながら、その下の袋を手で包まれ、中で凝《しこ》ったものをやんわりと擦り合わされて内腿《うちもも》を震わせる。

「そっ、そんなとこっ……まで……」

久我山の潤《うる》んだ眼差しは不安げに揺れた。

男とやったことなどないはずなのに、中馬は抵抗はないのか。

「ここ、弄られるのは嫌？」

「……わっ、判らない」

「怖い？」

きゅっと力を籠められ、ひっとなる。実はクールどころか、サディストの気でもあるんじゃないだろうか。優しく温和かと思えば、時折ひどく意地の悪い男だ。

「あっ、や……」

無意識に足をもぞつかせた。膝裏に添えた手で両足を掲げられ、腰が浮く。ぺちゃりと音を立てて顔を埋めた中馬は、剝き出しにした狭間の窪地を舐め解き始めた。

「ひ…ぅっ、そこ…はっ……」

言葉にするのも躊躇われる場所で、男の濡れた舌はひらめく。性器も、凝った袋も。その下の恥ずかしい場所までとろとろに溶かしていく愛撫《あいぶ》に、久我山は湯船に沈み込まされたみたいに真っ赤に顔を染める。

ベッドサイドのランプの調節された明かりは、部屋に入ったときには柔らかく弱々しいほどに感じられていたのに、目の慣れた今はもうすべてがつぶさに見通せるほど眩《まばゆ》い。

「……だめ……やだ…ぁ、中馬さ…っ、そこ……くち、もう……」

「……恥ずかしがる顔もいいな。すごく……そそられるよ」

「へっ……へん、たいっ……」

自分も中馬も男は初めてのはずなのに、一方的だ。余裕のない切羽詰まった声で『欲しい』と言ったくせして、自分ばかりが狂わされている。

「どうせ……」

「……うん?」

「……どうせ奥さんと、いろいろ……やってたんだろ」

だから慣れているんだと、熱に浮かされ、気持ちのやり場を失った久我山は訴えた。

「……下世話な想像に応えてあげられなくて悪いけど、俺は至って普通でね。彼女にはつまらない男だったかもしれない」

「つまらない男が……なんでこんな風に人のこと、無茶苦茶に……」

中馬の声に滲《にじ》んだ『彼女』への一抹の後悔のようなものを感じ取ったけれど、久我山にはとてもそうとは思えない。

「無茶苦茶って……褒めてるの？　そんなに君は感じまくりってこと？　確かにそうみたいだけど……感じやすいんだね」

「ちが…っ、褒めてなんかっ…ぁっ、ひ…っ……」

「じゃあ嫉妬《しっと》？」

「だか…ら、ちがっ…てば……もうっ……」

満足に否定させてもくれない。息も絶え絶えで、酸欠気味の頭がぼうっとする。

足の間で揺れる中馬の頭を、久我山は無意識に引っ掴んだ。

指に絡めた髪が、するりと逃げる。中馬は前触れもなしにベッドを離れて、入口近くの棚に向かった。けれど、久我山が足を閉じ、体の向きを横にしたところでもう戻ってきた。

「逃げるつもり？　油断も隙《すき》もないな」

長身の影が下り、悪戯《いたずら》っ子を叱るような表情で覗き込んでくる。生暖かくぬるっとしたものを尻の狭間になすりつけられ、久我山は『んんっ』と鼻を鳴らして腰を捩った。

「……なっ、なに？」

「……オイルだよ。ただのオリーブオイル。こんなものしかなくてごめんね」

「ごめんっ…て……」

手にしているのは、キッチンで見た気のするボトルだ。そういえば、二階に上がる前に寄っていた。

「なんで……あっ、ひ…ぅ……」

滑る指が、まるで間違いでも起こしたみたいにつぷんと中へ沈み込んできた。

「んぅ…っ…ゃ……」

間違いではないことに、男の指は出て行こうとしない。抜け出そうになっても、すぐに中へと戻ってくる。

行ったり来たり。中馬は長い指で繊細な粘膜を探って蠢《うごめ》かし、やがて見つけた比較的浅いところにあるポイントを指の腹でじわじわと責め苛《さいな》んだ。

軽く撫でられるだけでも、官能が溢《あふ》れる。

「あ……あ……」

尻に指を入れられて、上擦る女みたいな声を上げているのが自分だなんて思いたくない。

「……感じる？　アナルで自慰をする人もいるほど、男はイイらしいよ」

中馬の説明は納得するどころか、羞恥を煽《あお》るだけだ。突っ伏して這いずってでも逃れようとすれば、背後から膝が割り入ってきて、腿上に尻《しり》を抱え込まれた。

「……悪い子だ」

すべてを晒《さら》す恰好を本当に堪えがたいと思うのに、中馬は狭間に穿《うが》った指を執拗《しつよう》に動かす。

くちゅくちゅと音を立てて感じるポイントばかりを責められ、久我山は啜《すす》り喘《あえ》いで白く肉づきの薄い尻を揺らした。

「あっ……やっ……」

感じる視線にも音《ね》を上げる。もう嫌だ、抜いてほしい。そう思う一方で、触れられずにいる性器は痛いほどに張って射精感に震える。

嫌なのに気持ちいい。もうどうしていいか判らなくて、ぐずぐずと鼻を鳴らして湿った息をシーツに吐きつける。

「も……嫌だ、こんなの…っ…いや……」

こんなの自分らしいセックスじゃない。

「あっ、ひぁっ……」

あの男らしく長い指が奥深いところに沈み入ってきたかと思えば、肌がざわめき吐息は震えた。背後の中馬が顔を寄せてくる。

「……ココに俺を挿《い》れるのは嫌？　恥ずかしい？」

やっぱりサディストだ。これからしようとしていることを教え聞かせるように、耳元で低く囁《ささや》きながら、ぐっと中で大きく指を動かす。

「嫌…だって……」

「久我山くんも男の子だもんね」

「……子って……言うな、二十八さい…っ……」

「それはそうだけど……だって、なんか……やっぱり可愛いから」

もう絆されない騙されないと思うのに、可愛いと言われたら、単純にも胸がきゅんとしてしまった。愚かで悔しい。こんなんじゃ逃げ切れないと、鈍った頭で考える。

「本当は俺のほうが子供になってるかも。今、すごくドキドキしてる。君を抱けるのが嬉しい……好きなんだ……君が、好きだから」

ぬるっと深いところから抜け出す指の感触に、弓なりに反った背筋が震えた。

「挿れるよ」

また泣きたくなる。

宛《あて》がった熱い切っ先をじわりと押し込まれ、目蓋の縁から崩れるように涙が零れた。

「ひ……ぅう……」

「……痛いかな？」

首を横に振る。オイルも使って時間をかけて慣らされた場所は、柔らかく解けて中馬を包む。

けれど、体は追いついても心は無理だ。まだ初めて知る感覚についていけない。

「……へん……へん、変な感じするっ……」

「まだ半分だよ……でも、すごい……ああ、これは気持ちいいな。君の中、すごいきゅうきゅうしてて……食いついてくる」

囁きながら、開いた場所に男は指を這わせる。襞《ひだ》の一つも残さないほど縁を張らせて中馬を飲んだ入口は、指でなぞられると切なげに震え、頬張ったものの大きさを久我山にも伝えてきた。

耻ずかしくて、死んでしまいたい。

「……らいっ」

喉奥から震え声が零れる。

「え……？」

「嫌いだ……あんた、なんかもう……」

「それはまた……ひどいな。こんなときに言うには言葉が違うんじゃないの？　君は嫌いな男とこういうことするわけ？」

「……うるさい。一生、揚げ足取っ…てろ、バカ…っ…ぁっ」

ズッと動いた塊に、息を飲んだ。

「あぁっ、やっ……待っ……」

「待っても嫌いだって言うんだろ？」

「あ…うぅっ」

ゆっくりとした抽挿に中が擦れる。入口の浅いところを擦られただけでも堪らないのに、少しずつ奥へと距離を伸ばしていくストロークに、腰を高く掲げさせられた久我山はどうしていいか判らない。シーツに伏せた上体をひくひく震わせるだけで精いっぱいで、途切れ途切れの泣き声を上げるしかできなくなる。

久我山の戸惑いとは裏腹に、蕩《とろ》けた粘膜は大きなキャンディでも舐め溶かすみたいに中馬に絡んだ。

滴るほどに甘い官能が湧き上がる。

「やっ……あっ、あ…んっ……」

感触を刻みつけるように、抜け出しては戻ってくる熱い昂《たか》ぶり。背後で中馬が腰を動かしているのが判る。久我山も女の子にしたことがあるように――その悦楽を知っているだけに、乱れる息遣いに中馬の覚える快感までもが伝わってきて、なにがなんだか判らなくなる。

「……やっ、ちゅう…まさっ……中…馬さん…っ、それっ……」

変になる。こんなセックスは知らない。

触られていない性器の先っぽがじんじんして、透明な雫が糸を引く。

「あっ、だめ……だめっ……」

ぴくぴくと跳ね上がり、先走りはシーツに散った。口先で嫌がっても、快楽を享受している証しだ。

「……こっち向いて」

「あ…っ……」

「顔が見たい」

中馬はそう言って、久我山の中から昂ぶりを抜き取った。軽く揺れるベッドの上で身を起こす。求められるままに、今度は向かい合って腰を跨《また》がるように促されて前から――

「大丈夫？」

滅茶苦茶に翻弄《ほんろう》するくせして、目を合わせた男は心配げに覗き込んできた。どうやって中馬の顔を直視したらいいか判らず、久我山の泣き出しそうな眸はぐらぐらと揺らぐ。

蕩けきった窄《すぼ》まりに、出て行ったばかりの熱い塊を宛がわれ、上擦る声を零しながら腰を落とした。

「あぁっ……」

中から押し出されたみたいに、ぴゅっと先走りが噴き零れた。

射精が近い。上下に腰を揺らされ、淫《みだ》らな音が鳴る。

「ふぁ…っ……あっ、あ…んっ……」

突き上げられるまま嬌声《きょうせい》を上げ始めた久我山は、ぎゅっと硬く目蓋を閉ざし、赤く染まった眦を涙で濡らした。

こんなのは嫌だ。こんなみっともない姿は、誰にも見られたくない。たとえ中馬でも……好きな男だから嫌だと思うのに、熱っぽい眼差しで身を焼かれると余計に感じる。目を閉じていても、見られているのが判る。

「……いな」

「あっ……あ……」

「可愛いな、誉」

『ほまれ』と熱っぽく響いた声に、目蓋を起こした。

「名前……知って……」

いつの間にと驚くと同時に嬉しかった。

思いのほか、自分は中馬が好きらしい。悔しいけれど、気持ちは振り回されてばかりいる。

「あうっ……あっ、やっ……」

「……誉？」

「俺、もう…っ……」

ぶるっと短く身を震わせ、久我山は唐突に吐精した。

「え、今……」

自分でも嘘だろうと思ったけれど、始まってしまった射精は止まらない。うずうずと口を開けたり閉じたりを繰り返して先走りを浮かべていた小さな裂け目から、白濁が噴き零れる。

摑んだ中馬の肩に強く指を立て、久我山は頭を振った。

「とまっ、止まんな……出るっ……」

「……ああ、後ろだけでイっちゃったんだ」

「やっ、触んな…っ……」

絶頂感に満たされた性器を大きな手で扱《しご》かれ、ビリビリとした刺激が走る。しゃくり上げながら前後に腰を揺すって、久我山は堪えきれないものを全部吐き出した。

「あ……あっ……」

達した後は小休憩だ。そんな自らがリードを取れたときには当たり前だったセックスが、中馬が相手では上手くいかない。一から十まで手綱に触れることさえ許されず、翻弄される。

手のひらがベタベタになるのも構わずに、いつまでもゆるゆると性器に愛撫を施され、『もうやめて欲しい』と泣き喘《あえ》いで懇願した。

「……もうちょっと我慢して……そろそろ俺も、イキたい」

ようやく離れた手に腰を摑まれ、代わりに律動が激しくなった。

「いや…っ……嫌だっ」

「……やじゃない、嫌じゃないって……すぐにまた、よくなるから」

「そんな…っ、だって、も……おれっ……」

「もっと足開ける？　全部見せて……ほら、もうすごい硬くなってる」

「……うそ……嘘、こんな…っ……やだって……」

しゃくり上げる久我山は足を少しでも閉じようとするのに、中馬の手が内腿を摑んで阻むせいでできなかった。中心で休む間もなく反り返らされたものは、ぐっしょりと濡れそぼって上下に震える。

「嫌だっ…て、言ってんのに…っ……」

「やだばっかりじゃなくて、俺の名前も呼んで。君も呼んでくれたら……」

『そしたら、すぐ終わらせるから』と耳朶《じだ》に触れた唇で吹き込まれ、久我山は『本当に？』と泣き濡れた子供のような目で問い返した。

赤く染まって火照りっ放しの頬を、中馬の裸の肩口に預ける。

「……ふみ、つぐっ……あっ、史嗣っ」

ぎゅっと取り縋《すが》って、名前を口にしたらそれだけでまた体温が上がった。

『すぐ終わる』は、勢いを増すと同意語だったことを知った。内奥を蹂躙《じゅうりん》するものが嵩《かさ》を増す。一層雄々しくなった昂《たか》ぶりで、入口から奥まで突き上げられる久我山は『嘘つき』と男を詰《なじ》った。『嫌い』とも、うわ言のように繰り返す。

「……嫌い？　本当に？」

発情した雄に成り下がったくせして、急に自信がなさげだ。

「ちょっとは……」

すぐ先にある唇に、久我山は自ら湿った唇を押し合わせた。

「……好き。くそっ……好き」

歪《いびつ》な告白に男は苦笑する。

「くそが余計なんだけど……まぁいいか」

文句があるなら『好き』ごと回収しようと思ったけれど、すぐに今度は中馬のほうからキスを降らせてきてうやむやになった。キスと、熱く焼けるような律動で、後の詳細は記憶が曖昧《あいまい》だ。

でも、一緒になって解き放った瞬間の、身の奥に注がれた熱のことは覚えている。

気持ちよくて、嬉しかったから。

泥酔したわけでもないのに、中馬の家に泊まった。

アルコールは一杯だけ。シャワーの後の夕飯で、乾杯しようと言って中馬が開けてくれたちょっといいワインだ。

プレゼンの話をしたら、『祝わないと』と言い出された。結果も判らないのに前祝いなんて、コンペ落選のフラグでも立つんじゃないかと思ったものの、『まぁ、いいか』と勧めに乗った。

そのときは、そのときだ。現状でやれるだけのことはやったつもりだし、もしも駄目ならそれは縁起担ぎや不運のせいではなく、力が及ばなかったということだ。

なんだか、いろいろと吹っ切れた夜。美味《おい》しい食事の後は隣のマンションに帰るつもりだったけれど、中馬にしつこく泊まるよう勧められた。すぐ隣なのにわざわざ泊まらなくてもと渋る久我山に、『気持ちが通じ合ったばかりでそれは薄情すぎるんじゃないの』とかなんとか。

下心があったのかどうかは判らない。『もうなにもしないから』とも言ったくせして、結局約束は守られなかった。

一つしかないらしい大きめの枕を、やや不自由を感じつつ分け合って、髪を撫でられたから正直嬉しいなと思って目を閉じて、軽くキスをされたら応えて、ちょっと深めの口づけに変わったら先っぽだけならと舌先を受け入れて——後はもうなし崩しだ。夕飯の前より、久我山の体には赤い痕《あと》が増えた。

朝、家主より先に目が覚めた。

分け合った一つの枕ではなく、いつの間にか中馬の腕に頭を乗っけて眠っていた。絶対痺《しび》れて、起きたら困るに決まってる。バカだなと思ったけれど、腕の持ち主のやけに幸せそうな寝顔を見たらどうでもよくなった。

カーテンの隙間から差し込む光に誘われてベッドを下りる。

裸足でカーペットの上を歩き、そろりとカーテンを引いてみると、まだ七時前にもかかわらず、外はすっかり眩しい明るさだった。

ベランダのない窓は、開けると路地を犬連れで散歩している人の姿まで見えた。あまり風のない朝だけれど、身を乗り出せば髪の先ぐらいはそよぐ。

しばらくそうして遠くを眺めた。

「もう起きたの？」

やがて背後から眠たげな男の声が響いてきて、久我山は軽く心臓を躍らせつつも、何事もなかったかのような顔して振り返った。

上半身は裸のままの男は、脱ぎ捨てていたTシャツを拾い上げ、頭から被りながら久我山のいる窓辺へと歩み寄って来る。

「おはよう」

普通の朝の挨拶がなんだか新鮮だ。

「……おはよ」

借りた淡いブルーのパジャマ姿の久我山は、内心の気恥ずかしい思いをひた隠しにしつつ応えた。中馬はそんな久我山に微かに笑んで、肩越しの景色に目を向ける。

「どう？　僕の部屋から見る桜島は」

「俺の部屋と変わらない」

「そりゃあ、そうでしょ。十メートルも離れてないのに違ってたら、びっくりするよ」

確かにそうだけれど、中馬も毎日同じ景色を眺めていたんだなと思ったら、変な感じだ。

そんな感慨に耽《ふけ》ろうとしたところ、薄手のパジャマの腰に不意打ちで大きな手のひらが回ってひゃっとなる。

「なっ、なにすんだよ！」

「腰、痛くないかなって。大丈夫？」

「朝っぱらからセクハラやめろ」

「あ、ひどいな。本気で心配してるんだけど……僕も初めてのことだから、加減が判ってなかったし。でも、嬉しいかも」

「なにが？」

「ん、元気そうだし。君と僕、セックスの相性もいいみたいで嬉しいなってね」

なんのことやら判らず、久我山はきょとんとしてしまった。

「あ、相性って……アホか。いいわけないだろ、そんなの」

オスとオスだ。ＰＣケーブルでも、ボルトとナットでも、本来オスとオスは対になるものではない。

衒《てら》いもなく色ボケたことを言う男に、久我山は冷静に昨日の夜を思い返す。

「だいたい……俺は嫌だって言ったのに、何度も言ったのに……」

「うん、何度もイったね」

「だから言葉尻を捉えるのやめろよ。しかも下品な」

わざとからかったのか、中馬は噴き出し、シャツを身に着けたばかりの肩を揺らした。

「わ、笑いごとじゃ……うわっ」

むっとした顔で言い返そうとした久我山は、背後で感じた爆発音に振り返る。空気を読んでか読まずしてか、朝から元気に噴火した桜島だ。もうもうとした煙を高々と上げている。

軽い空振も感じた。

「やばい、結構大きいな」

せっかく爽やかな休日の朝を迎えたというのに、またしても降灰かとうんざり顔で山を見ると、部屋のどこかでバイブの振動音が響いた。

クローゼット脇の壁のフックにかけた、久我山のスーツだ。上着のポケットから携帯電話を取り出し確認すると、届いていたのは噴火の速報だけではなかった。

「あ……」

「こっち、来るって?」

「いや、支局長からメール来てた。昨日のうちにコンベンションビューローから連絡あったって。うちに決まりそうだから、忙しくなるぞって」

正式な結果報告は来週のはずだが、これほどすぐに連絡をしてくるということは期待していいに違いない。

「おめでとう。本当に顔だけの男じゃなかったな」

いつかの居酒屋の会話をなぞって言う男に、久我山は少し唇を尖らせる。

「余計なひと言を添えずにいられないのは、そういう仕様なの?」

「照れ隠しだよ。僕の恋人はどこをとっても優秀だなって。さすが誉だ」

不意打ちで名を呼ばれると、まだ慣れていないからドキリとする。ふーんと鼻を鳴らして、つれない素振りで画面に目を戻すと、今度は降灰情報に胸を撫で下ろした。

「風向き南、指宿《いぶすき》方面だって。珍しいな」

久我山の隣に並び立ち、窓枠に手をかけながら中馬は応えた。

「もう灰は来ないかもしれないね」

「え？」

「夏の風物詩みたいなものだから。最近、風向きが変わってきてる」

もう九月だ。夏は少しずつ、だが確実に過ぎ去った過去へと変わりつつある。

朝の日差し。蟬《せみ》の声。

この街では空から降る灰も。

「淋《さび》しい？」

「まさか」

問われて即答した。

「けど……」

厄介者でも……厄介者だからこそ、日々の暮らしに影響して、少しだけ人生を変えることもある。灰が降らなければ隣人に声をかけることもないし、あの山がなければそもそも隣人はこの家に住むこともなかった。

――なんて、悔しいから口が裂けても言わないけれど。

山にも、隣の男にも。

「けど、なに?」

久我山は首を横に振って苦笑した。

「なんでもないよ」

だけど、もしもこの街のPRに続きがあったら、今度は灰が育むラブストーリーなんてのもいいかもしれないなと、ちょっとだけ思った。

隣人とラブストーリー

十月下旬、東京《とうきよう》本社のフロアには、久しぶりに戻った先輩社員を持ち上げる後輩の声が響いていた。

「さすが、久我山《くがやま》さんって感じですね！　どこに行っても結果を出す男って、もうみんな言ってますよ！」

あからさま過ぎる賛辞にも、久我山はプラカップのコーヒーに口をつけながら満更でもなさそうに応える。

「普通の結果を出しただけだろ。場所が変わったぐらいでコンペが通らなくなったら、それまで偽物の力だったたってことになるじゃないか」

久しぶりの東京本社だ。打ち合わせで数日の出張で来た久我山は、懐かしさすら覚えるフロアの片隅のカフェコーナーで、洒落《しやれ》た黒のワイヤーチェアに腰をかけ、スーツの長い足を組み換えつつ心地よい賛辞の声に耳を傾けた。

「それでどうすか、鹿児島《かごしま》支局は？　俺、まだ行ったことないんですよね」

行ったことのある人間のほうが珍しい。なにしろ本社と同じ大手広告代理店とは思えないほど古ぼけたビルに、社員はたったの十名足らずという場末っぷり。島流しの左遷と皆に思われ、久我山自身も腐りきっていた。

ほんの数ヶ月前までは。

「いいところだよ、みんな親切だしね。俺も違う場所を知って視野が広がったっていうか？　やっぱりいつまでも同じ場所とメンツにしがみついていると、思考が凝り固まっちゃって感性も鈍るんだよね」

「へぇ……そういうもんすか？　でも、鹿児島って田舎じゃないんですか？」

「そりゃあこっちに比べたら街並みもこぢんまりしてるよ。けど、だからこそ人も大らかっていうのかな？　バスだって整列乗車しなくても平気だし、最初は驚いたけどさ。なんていうか、都会みたいに細かいことにピリピリしないって感じ？　路面電車なんて、電車のほうが信号待ちして歩行者は道路渡れちゃうからね。都会の開かずの踏切なんて、なにそれだよもう。あと、なんと言ってもパワースポットの桜島《さくらじま》だね。大自然の息吹を身近に感じられるってのは、それだけでもう毎日が違うっていうか～」

手のひらを返すとはこのことだ。いや、むしろ二枚舌か。以前は罵詈雑言《ばりぞうごん》、バス一つとっても鹿児島の悪口ならいくらでも語れるとばかりにまくし立てていたのと同じ口から、胡散《うさん》臭い褒め言葉を久我山は繰り出す。

後輩社員は真に受けたのか調子を合わせてか、羨望《せんぼう》の眼差しだ。

「いいなぁ、俺もそんな環境のいい職場で働いてみたいっすよ。今日も満員電車で痴漢と間違えられそうになるし、コンペも上手くいかないし、残業ばっかでせっまい家と会社の往復。自然なんて街路樹ぐらいしか見てませんもん」

「はは、まぁでも街路樹だって立派な緑だよ」

ハアと溜《た》め息《いき》をつく男に、『わかるわかる』とばかりに頷《うなず》いて見せる。

先輩風を吹かせていると、女子社員が声をかけてきた。

「あ、久我山さん、部長もう戻ったみたいですよ？」

「ああ、ありがとう。今行く」

制作部のトップである部長に呼ばれてこのフロアに来たのだが、入れ違いで席を外していたため、コーヒーを飲んで時間を潰《つぶ》していたのだ。

「まぁ、おまえもそう腐るなよ。本社だって悪いところじゃないだろう」

悪いどころか、全国随一の花形。日本の広告産業の中心と言っても過言ではない場所にもかかわらず、久我山は上から目線の激励を飛ばして立ち上がった。

舞台でも歩くかのように微笑を顔に貼りつかせ、広いフロアを過ぎる。

心なしか皆がこっちを見ている気がするのは、自意識過剰ゆえの妄想などではないだろう。

久我山は実際それだけの仕事をした。場末の支局で難攻不落だった公共コンペをものにし、大口の仕事を獲得。これが戦《いくさ》なら凱旋《がいせん》帰社だ。

さぁ平民クリエイター共よ、ひれ伏すがいい。

もっと俺を羨《うらや》んで、崇《あが》めたまえ。

高笑いしたいのを堪えつつ、涼しい表情でフロアの最奥のガラス扉をノックする。広々としたデスクで電話中の部長の姿が見えた。

久我山に目を留めると、男は電話の要件などどうでもいいとばかりに切り上げ、欧米人のごとく両手を広げて出迎える。中年太りとは無縁のジムで鍛えた体が自慢の部長は、海外生活が長い訳でもないのに仕草がいちいち大仰な胡散臭さ漂うオヤジだ。

「久我山くん！　おかえり、さぁさぁ入りたまえ！」

「部長、お久しぶりです」

「ちょっと見ない間に、また男前が上がったんじゃないかね。いやぁ、本当によくやってるね。こっちも全力でバックアップさせてもらうつもりだよ」

「ありがとうございます。助かります」

今回の主な出張目的は、鹿児島支局の深刻な人手不足を補うべく、本社のバックアップを得ることだ。支局にはパートナーの新留《にいどめ》がいるといっても、一人ですべてはこなせない。元よりセールスプロモーション部などの本社ではあって当然の部署もないため、細やかな対応ができない。

どうせ借りるなら猫の手よりも、本社のプロフェッショナルな有能スタッフ。グループ企業である制作プロダクションへの橋渡しも、段取りよくしてもらえることになった。ＣＭ制作は鹿児島の完全な外部のプロダクションへの委託も検討したが、映像の仕上がりを考えれば信頼度は高いに限る。

「詳しくは、後で貴田《きだ》くんとディスカッションしてくれ。ちょうど予定が変わって、彼のスケジュールが空いたところでね。貴田くんなら君も昔何度か組んでいたし、適任だろう？」

「ありがとうございます。助かります」

「同じ会社なんだから協力するのは当然だよ。それにしても君は変わりないなぁ。鹿児島でもこんなに早く活躍してくれるとはね」

「いや、それほどでは」

――ありますけど。

本音は途中から飲み込み、無理矢理に謙遜《けんそん》に収める。褒め言葉を調子よく聞く久我山は、整った顔に微笑《ほほえ》みを湛え、部長は感心したように何度も頷きながら、デスクチェアに腰を落とした。

デスク越しの久我山を頼もしげに仰ぐ。

「この分だと、またすぐにも君とは仕事ができそうだね」

「え？」

「本社復帰の話だよ。僕はね、だいたい君の異動には反対していたんだ。君ほどの人材を九州《きゅうしゅう》へ送るのはもったいないってね。サポートと言っても、まるで左遷じゃないか」

「……はぁ、まぁ」

まるでじゃなく、実際左遷だったわけだが。

しかもそれを部長も知っていたはずだ。

どうやら二枚舌は久我山だけでなく、ここにもいたらしい。

「君だって、本音は早く戻りたいだろう？」

肯定以外はあり得ないと言った顔だ。ほんの数ヶ月前なら、それこそ喜んで二つ返事でも三つ返事でもしたであろう打診。久我山は途端に歯切れも悪く視線を泳がせる。

「とても……ありがたいお話ですね。しかし、自分も新天地で新しい可能性を模索中と言いますか、さすが維新を成し遂げた英傑たちの国、薩摩《さつま》には学ぶところが……」

「遠慮しなくていい。今回のプロジェクトがかたがついたら、俺からも人事にかけあうつもりだからね」

どことなく恩着せがましい響きも無きにしも非ず。『大船に乗ったつもりで』と笑う男を前に、久我山は『はぁ』と自分でも驚くほど鈍い反応を返した。


「まだ数ヶ月なのに、なんだか一年くらい会ってなかったみたい」

バーのカウンターに並び座ったマリノは、枝先をつまんだサクランボを青いカクテルの中で泳がせながら言った。オレンジのシャーベット色のネイルに並んだラインストーンが指先の動きに合わせてきらりと輝く。

今夜は部長の誘いを適当な理由をつけて断り、女友達を飲みに誘った。東京を出たのは七月の終わりだから、実に三ヶ月ぶりだ。

「確かにね。ここも懐かしさを覚えるっていうか」

馴染みにしていた店は変わりない。酒のボトルの配列なんて覚えちゃいないけれど、カウンター席から眺める光景は変わっていない気がする。無機質なステンレスと黒のモノトーンの配色がクールな印象の店だ。

点在する天井に埋め込みのスポットライトの明かりが、カクテルの海に射す月光のようにグラスを照らす。

「もうずっといたらいいのに」

「今回はただの出張だし、そんなに長くはいられないよ」

「こっちに戻ってくる予定はないの?」

「あー、どうだろうね。俺が決めることじゃないし」

久我山が言葉を濁すように応えてロンググラスの酒を飲み始めると、隣でマリノはつまらなそうにグロスの光る唇を尖《とが》らせた。

「仕事、順調なんでしょ〜? もっと大きな顔すればいいじゃない。いつもみたいにさぁ。『すぐ戻ってやる〜田舎暮らしなんて冗談じゃない!』とかなんとか言って出て行ったくせに」

「なんだよ、コンパ仲間にでも困ってるのか？」

「バカ。普通に誉《ほまれ》がいなくて寂しかったんだっての」

会えない時間が愛情でも育んだのか。普通に可愛《かわい》いことを言ってくれる。

「今日だって、モデル仲間のルミエのコンパの誘い断って来たんだからね？」

「本当に？　俺も部長の寿司の誘い断ってきたよ。銀座《ぎんざ》の美味い店なんだけどね」

「ふうん、お高そう」

なんでもない言葉を、マリノは耳に唇を寄せるようにして囁《ささや》いた。

「まぁね」

二人は顔を向け合い、クスクスと密《ひそ》やかに笑い合う。今でこそすっかりただのコンパ仲間だが、出会った当初は付き合う可能性だってあった。ぶっちゃけ、何度か寝た。久我山も男なので、友達といえど美女に女をアピールされて迫られると単純にときめく。

カウンターのスツールの間隔は狭い。彼女が動く度、長いストレートの髪がさらりと揺れる音が聞こえそうなほどの距離で、身を乗り出されれば実際触れる。

ふわりと鼻腔《びこう》を擽《くすぐ》るよく知る香水の香りを、久我山はくんと嗅ぎ取った。匂いも懐かしさを喚起するものだ。甘さを含んだエレガントな香りは、くらりと脳の中枢を刺激する。

やっぱり女の子はいいな。東京もいい。

「なぁマリノ、明日は仕事入ってないんだろ？　まだ時間も早いし、この後さ……」

すっかり浮ついた気分で誘いかけようとすると、当然乗ってくるとばかり思っていた彼女が、寄せた身をすっと引かせた。

「なぁんだ」

急に素っ気ない口調になる。

「……え？」

「前ほど東京に戻りたがってないと思ったら、そういうこと」

「どういう意味？」

「ココ、丸見えなんですけど。ていうか、見せてんの？」

彼女の目線に指摘されるまま、久我山は首筋へ手をやる。言われた言葉の意味が判らなかったが、「ココ！」とやや苛《いら》ついた調子で手を取ってピンポイントの位置へ導かれると、一つの可能性が頭をよぎった。

首の左側の後ろだ。

出張の前日である昨晩は、夕飯の誘いを受け隣家に行った。明日の支度もあるからと早く帰ろうとする久我山を、中馬《ちゅうま》は『もう少しいなよ』と言って引き止めてきた。

『君のいない間が寂しくてならないよ』

そんな風に言われると、『バカ、たった数日だろ』と口先では素っ気なく返しつつも、突っぱねきれず。むしろすっかり手懐《てなず》けられてしまい、リビングの白いソファの上でイチャイチャとしか表現のしようのないことをした。覚えがあるのは、そのときやけにしつこくキスをされた場所だ。

左の首筋を手で押さえた久我山は、スツールの上の身を硬直させる。

――やられた。

どうやら嫉妬《しっと》深い男はマーキングをしておいたらしい。しかも、久我山自身は気づきづらい場所という巧妙さで。

「南国のコって、意外と情熱的なのねぇ。ふうん、もう新しい女かぁ。よかったじゃない、ホームシックになる暇もなくて」

友達でも異性というのは複雑なものだ。あからさまに不機嫌になったマリノはトイレに行くと言って立ち上がり、久我山はその場に呆然《ぼうぜん》と取り残される。

言い訳をする間もなかった。実際、相手が女ではなく男であるという部分を除いたら、事態は概《おおむ》ね合っている。

久我山はむっと眉根を寄せつつカウンターの上のグラスを手に取る。ガラスに浮いた水滴が衝撃に堪えきれなくなったように伝い落ちた。

マリノが気づくということは、会社でだって誰かに見られていた可能性がある。今頃部長が誰かに、『久我山くんは向こうでよろしくやっているようだよ、はっはっは』なんて話しているかもしれないし、あるいは後輩が――

千キロ離れた先にいる男を恨むしかない。呷《あお》って空になったグラスの代わりに、今度はスーツのポケットから携帯電話を取り出す。恨み言の一つもメールしてやれと思ったけれど、それもまた思う壺《つぼ》のような気がした。

浮気が首尾よく阻止され、苛立っている自分にしめしめとほくそ笑まれるのがオチだ。

「……くそっ、誰が」

カウンターで一人吐き捨てる。さり気なく目線を逸らそうとするバーテンダーに、カクテルのおかわりを頼んだ。こうなったら気晴らしは酒ですませるしかない。

ポケットに携帯電話を戻そうと電源を落としかけ、ふと画面に並んだアプリに目を留めた。

指先が習い性のように、画面をタッチする。

なんとなく開いたアプリは、鹿児島の風向き予報だ。

今夜は南西の風、六メートル。

むかついているのに、高台のあの家の明かりと、吹きつけているだろう風を思った。

鹿児島空港からのシャトルバスを降りると、ひどく生暖かい空気がスーツの身を包んだ。

バスの効き過ぎた空調のせいではないだろう。同じ秋でも九州の最南端の秋は、東京に比べてまだ気温が高いのを実感する。

羽田《はねだ》を発つときには明るかった空は、すっかり夜に変わっていた。見慣れた鹿児島中央駅を仰げば、昼は赤いトサカのように駅ビルの上で回る観覧車が、色取り取りの眩《まばゆ》いネオンを光らせている。

見ればほっとする。着いたというよりも、帰ってきた。自分もすっかりこの街の住人の一人であるのを久我山も実感する。

家の方面へ向かうバス停に移動すると、いつもどおりの人だかりだった。

バスが近づけば周辺に散らばっていた乗客たちは、一気にひとところに集まる。熟練の動きでポジショニング。サッカーのドリブルのような華麗な足さばきで、すいすいと人を掻《か》い潜《くぐ》り、誰も彼もが前へ前へ。

相変わらず整列乗車が機能していないが、久我山も毒づくことなく参戦し、人の流れに乗った。郷に入っては郷に従え。しかし、あと一息で座れるところだった座席は、盾にも武器にもなる手提げ袋を飛び込ませるというオバチャンの荒業で奪われた。

連戦連敗、あまりに強引すぎる座席取りにも、久我山はいちいち目くじらを立てたりしない。

「……ふっ」

しょうがないなとばかりに軽く一息。『俺もまだまだだなぁ、さすが年の功だね』なんて、相手を称える余裕さえ滲《にじ》ませる。戦いで乱れた前髪を指先ではらって整えつつ、敗者に参加賞のごとく与えられた吊り革を握った。

バスが発車すれば、恨みは引き摺《ず》らないのがしいて言えば乗車マナーか。

結局、家の最寄のバス停まで座れないままだった。到着すると、目を瞑《つむ》ってても歩けそうな帰路をスーツケースをゴロゴロ鳴らして行く。いくら疲労感を覚えていようと、実際に目を閉じて歩くほど愚かではない。住宅街の坂道を登り始めれば、自然と目指す自宅マンションとその手前の家の明かりが視界に入り込んで来る。

洒落た大きな家の玄関からは、見張っていたとしか思えないタイミングで背の高い男が出てきた。

「なんで無視するのかな？」

知らん顔で行き過ぎようとする久我山に、中馬は不満そうな声をかける。

「人の帰りを見張るほど内科医ってのは暇なのかよ？」

「昨日、当直だったから今日は帰りが早くてね。出張から帰ってくる恋人でも労《ねぎら》おうかと思って待ってたんだけど」

「ふうん、早く帰ってくるといいな、あんたの恋人」

自分のことにもかかわらず、しれっと返した。三日前の晩の怒りを忘れたわけじゃない。

門扉にもたれた中馬は、怯《ひる》みもせず続けた。

「さつま揚げ、揚げ立てなんだけどな？　彼の好きなサツマイモと枝豆入り。労いのビールと焼酎《しょうちゅう》もある」

後ろ髪を引かれ、一気に重くなった足をそれでも前に進めようとすれば、ダメ押しのように言ってくれる。

「せっかく焼酎は三岳《みたけ》が手に入ったのに。屋久島《やくしま》の銘酒、すっきりしてて美味いって君気に入ってたよね。プレミア入ってるから、最近じゃなかなか手に入りづらくて……」

むすりとした表情は崩さぬまま方向転換、久我山は門扉に手をかけた。手前に立つ男を邪魔くさげに押し退《の》けて開き、勝手知ったる家の玄関へ向かう。

「ぐだぐだ言ってる間に、さつま揚げ冷めるんじゃないのか」

負け惜しみに告げると、背後で嬉《うれ》しそうに笑む中馬の声が響いた。

「了解。それと、おかえり」


広いリビングのソファに腰を下ろした久我山は、まるで我が家のように寛《くつろ》いでネクタイの結び目に指をかけた。緩めながら、キッチンのほうへ向かう男の背を見る。

本当にだいぶ前に帰宅していたのだろう。服は洗いざらしの白シャツに、緩いコットンパンツの上下だ。男の一人暮らしの部屋着にしてはきちんとしているが、着古しのスウェットや半パンでだらしなく寛ぐタイプでもない。

いつの間にか中馬について様々なことを知っている自分に、久我山はむずむずとした落ち着かなさを覚える。この感覚がなんだか知っている。照れ臭さってやつだ。

数ヶ月前は他人。今はそれが恋人。

観覧車みたいな男だと思った。駅の上で回る観覧車。ほんの数日ぶりに目にしただけで、自らがこの街の住人であることを実感したように、中馬が今は恋人であるのを再確認させられるなんて。

「へぇ、無視して帰る気でいたくせして、お土産が用意されてるとはね」

久我山の気も知らない男は、渡した東京土産を手にぼやく。

「しかも、ひよひよ饅頭二十個入り。僕、一応一人暮らしなんだけどな。それに、君も知ってのとおり東京出身だし」

「嫌味に決まってるだろ。文句言うな、定番菓子でももらえるだけありがたいと思え」

「嫌味、ね。随分と可愛い嫌味だなぁ」

くすりと笑われた気がした。睨《にら》み据えようとした男はキッチンの広々としたカウンターの向こうに消え、食器を用意し始める音が響く。

「ありがとう。毎日一つずつ大事に食べるよ。甘いものは好きだし。君からもらえるものならなんでも嬉しいし？」

それこそ嫌味かと疑う言葉を、カウンター越しに飛ばしてきた。でも、妙に甘く弾む声音が嘘ではないと示していて、また久我山の胸のむず痒《がゆ》さは増す。

もし至近距離で言われたらやばい。なんだか判らないけど、きっとまずい。

素っ気ない振りをするので精一杯で、興味があるわけでもないテレビを点《つ》ける。久我山のむずむずを吹き飛ばすように、バラエティの芸人たちの笑い声が響いた。

ほどなくして、目の前のガラステーブルの上には、手作りのさつま揚げを中心にしたツマミの皿とグラスが並んだ。まずはお決まりのようにビールから。『乾杯』と隣から伸びた手にグラスを触れ合わされ、久我山もぶつけ返した。

「誉、出張おつかれさま。なんで連絡くれなかったの？　毎晩待ってたのに」

「……自分の胸に訊《き》いてみろよ。判ってんだろ？」

「さて、僕は怒られるようなことでもしたかな」

「惚《とぼ》けんな、首だよ、首！」

キッとなって首の左後ろを指差す。たった数歳の年の差のくせして、年上の余裕を滲ませる男は含み笑う。

「ああ、キスね。ちょっと跡が残っちゃってたかな」

「ちょっとじゃない」

久我山は判りやすくふて腐れる。

「ふうん、怒りたくなるような思いでもした？」

「えっ……」

「見られて困ることでもあったの？　たとえば……お魚に逃げられちゃったとか？　綺麗《きれい》で髪の長いね」

予想外の切り返しにたじろがされた。中馬の口元は微笑みを湛えたままだが、明らかに目が笑っていない。

形勢逆転。返答次第で思う存分恋人の不貞を問い質《ただ》さんとする構えだ。

「かっ、会社で見られたんだよ」

「本当に？　ギリギリ見えない位置だと思ったんだけどな。シャツを脱いだりしない限り」

「ぬっ、脱いでない。こう、こうやって首を俯かせると見えるんだよ、襟《えり》の隙間《すきま》から！」

「……なるほど、それは悪かったね」

――絶対に悪いと思っていない。

むしろ、職場で目撃されていようと、浮気の牽制《けんせい》ができてよかったとでも思っているんじゃないのか。

疑いの眼差しを向けつつビールを飲む久我山に、悪びれもしない男は方向転換して問う。

「それで、仕事のほうはどうだった？　東京まで行った甲斐はあったの？」

「えっ、ああ……まぁね。本社でサポートチームを作ってくれることになったよ。支局始まって以来の仕事だってんで、もう英雄扱いされちゃってる感じ？　後輩があれこれ訊いてくるし、まいったよ。べつに俺はなにも変わってないし、普段どおりやることやってるだけなんだけどねぇ」

鼻持ちならないとはこのことだ。久我山は自画自賛をナチュラルに繰り出す。ソファに並び座った中馬は、恋人というより子供の学校での様子を聞く母親のような眼差しで笑んだ。

「よかったね。じゃあ一安心だ」

「まぁ、これでだいぶ動きやすくはなるんじゃないかな。あっちは撮影スタッフの手配も慣れたもんだし、今は俺任せの雑務が多すぎてもう」

「来年にはテレビＣＭも放送予定だっけ？　ああ、でも観光客誘致のＣＭだからこっちでは流れないのか、残念だな」

「……ネットでなら見られる」

「そうか、だったら見逃す心配もなくていいね。楽しみにするよ」

拍子抜けするほど素直な反応に、久我山は未だに違和感を覚える。男同士でうっかり付き合うことになって、ひと月と半あまり。恋人に変わった中馬は、驚くほどに甘くて優しい。嫉妬深いのもご愛嬌《あいきょう》と、なんだかんだで思えてしまう程度には、大事にされているのを実感する。

――なんだかな。

久我山は無意識に首の左後ろに触れながら、グラスのビールを飲み干した。

「もう一杯飲む？　次はもう焼酎がいいかな？」

「ああ、うん、焼酎にする」

「水割りでいい？」

久我山が頷くと、世話を焼く中馬は手際よく作り始めた。アイスペールに用意した氷を、ストレートのロンググラスにすとんと落としていく。何気なく見ているだけのつもりが、シルバーのトングを握る手に視線が釘づけになった。

職業柄か、日に焼けていない手元。しかし指は細くも華奢《きゃしゃ》でもないので、女々しさはない。長い指の手は料理人にだってなれそうなほど清潔感の溢《あふ》れた綺麗な手で、それだけでストイックと称してしまいそうになる。

でも、知っている。セクシャルなこととは縁遠そうなそのさらりとした手が、一度スイッチが入ると変わるのを。

「はい、どうぞ」

出されたグラスに久我山はびくっとなった。

「誉？」

「あ、いやごめん。ぼうっとして……つ、疲れかな」

まずい。揺れる長い髪も、甘いいい香りだってしないのにドキドキする。

問題の出張前夜もこのソファだった。

今夜は最後までするつもりだろうか。

——するよな。

金曜日だし、明日は自分は休みで出張明けで、条件は整っている。

付き合ってるといってもまだ短い期間で、しかも男同士で、関係に慣れ切るにはほど遠い。考えただけで心臓がうるさくなり、顔まで赤くなった気がして、久我山は勢いでもつけるかのようにグラスの酒をぐいっと呷った。

「いい飲みっぷりだね」

「あ……飲みやすいから、つい」

「疲れてるのに、そんな飲み方したら酔いが回るよ？」

中馬は忠告めいたことを言う。そのくせ、ふとその顔を見て確かめれば、眦《まなじり》の下がった眸はどことなくにやついた表情だ。

「なに？　飲んだら悪いかよ」

「いや、悪くないよ。うん、嬉しいなって思ってさ。君の気持ちが嬉しいね」

こちらを見つめる男の真意が、今一つ判らなかった。


いつの間にか明るさを増した朝日に、目蓋《まぶた》越しにゆらゆらと揺さぶられるようにして目を覚ました。

「んっ」と小さく声を上げて目を開けた久我山は、他人の部屋だが見慣れた光景に中馬の家に泊まったのを思い出す。

広い窓からは晴れた青空が見えた。極《ご》薄いボイルカーテンだけなので、空の青さも高いところに刷毛《はけ》で刷いたように伸びる雲も、色鮮やかにくっきりと覗《のぞ》ける。高台の眼下に広がるのは朝日を受けた街並みと、波穏やかな錦江湾《きんこうわん》に存在感いっぱいに構える桜島。

部屋には微《かす》かな寝息が響く。寝苦しいと思えば、隣から迫り寄る男に枕の三分の一を奪われていた。付き合い始めは一つだった枕は、今は久我山用が増えた。しかし二つになったところで、ぴったり並べて眠れば領地の境は曖昧《あいまい》になる。

――返せよ、俺の枕。

ふて腐れつつも、声にはしない。寝起きで口を開くのも億劫《おっくう》だからだと、言い訳を頭にぼんやり浮かべつつ、身を捩《よじ》った久我山は至近距離にある枕泥棒の顔をじっと見つめる。

こんな風に中馬の顔を存分に眺める時間は珍しい。泊まっても大抵自分のほうが先に寝てしまうし、朝に強くて先に動き始めるのも中馬のほうだ。休日など、朝食と淹《い》れたてのコーヒーまで用意されて起こされるときもある。

女の子相手なら、べつに見つめ合うぐらいなんとも思わない。『可愛い』とか『綺麗』とか、適当に甘い言葉も添えてロマンチックに間を持たせることだってできる。

中馬が相手だと、それが上手くいかない。妙に意識しすぎてしまうのは男同士だからか。

『ホモ』などと、最初は失礼な呼び方をしていた関係に自分自身が陥ってみれば、思いのほか面倒くさい。男と男、性別はシンプルでもややこしい。

——だいたい可愛いって顔じゃないしな、うん。

目蓋を落とした男の表情は、いつにも増して穏やかだ。縁に並んだ睫《まつげ》は案外長い。よく見ると漆黒ではなく髪と同じく栗色がかっていて、高いすっとした鼻梁《びりょう》の鼻といい、やや白い肌といい、どっかの品のいい王子様みたいだ。不覚にもそんな感想を抱いてしまい、茶化すように付け加える。

——今度、羽根つき帽子でも被らせてみるか。似あったりしてな。

心で思うだけなら、こうやって揶揄《やゆ》ろうと、なにを考えようとセーフだ。聞かれやしない。

——そうだな、どっちかっていうと、可愛いよりやっぱカッコイイ……。

すっかり油断してそんなことまで思い浮かべていると、目蓋を落としたままの男の唇が不意に動いた。

「……そろそろ限界なんだけど、起きてもいい？」

『ぎゃっ』となった久我山は飛び上がらんばかりに身を弾ませ、ベッドが揺れる。

「たっ、狸寝入《たぬき》りかよっ！」

「起きたら君がもう目を合わせてくれない気がして。巣穴から出てきたヤマネにばったり遭遇したけど、動いたら逃げられそうで息殺して堪えてる感じ？」

「どういうたとえだよ。ていうか、やまねってなに？」

「ネズミの仲間かな。小さくてハムスターっぽい。すごく可愛いよ?」

いつから目覚めていたのか。人をからかえる程度には頭が回っているようだけれど、中馬の柔らかな声はまだクリアではない。

どこか輪郭の曖昧な声音でヤマネとやらの説明をしたかと思うと、ふっと口元を緩ませる。

「おはよう、誉」

「あ、ああ、おはよ…う……」

ただの朝の挨拶《あいさつ》に不覚にもドキリとなってしまった。『それじゃ』とばかりに身を引かせた久我山がベッドを下りようとすると、伸びてきた長い腕が身をからめ捕る。するりとした動きで、そのくせ力強い。シーツの海に沈められたばかりか、上から覆い被さってくる男を仰ぎ見る羽目になる。

「ちょ、ちょっと……」

「どこに行くつもり?」

「しゃ、シャワーだよ」

「なんで?」

「なんでって……朝だし、体洗いたいし……」

昨夜は結局シャワーも浴びないまま眠ってしまった。アルコールが入ったところにベッドへ雪崩《なだ》れ込み、勢いに任せたセックス。事をすませた後は、指先どころか目蓋を起こし続ける気力もなく眠りについてしまい、痕跡は体のそこかしこに残っている。

起きるなら、一刻も早く洗い流したい。そもそもいつまでも裸でいるのが嫌だ。毛布の下で二人はなにも身につけておらず、爽《さわ》やかな朝には相応《ふさわ》しくない格好だと思うのだけれど、中馬のほうは一向に気にする様子もない。

「まだ早いんだし、もう少し傍にいてくれたっていいだろ？」

むしろ嬉しそうに微笑んだかと思うと、すっと唇を耳元に寄せてくる。

「昨日……一回しかしてないって知ってる？」

艶っぽい声で色事を匂わせる囁きに、久我山はビクンと小動物が突かれたみたいに反応してしまった。

「一回って……」

「飲みすぎだよ。久しぶりだってのに、君すぐ寝ちゃうんだもんな」

「や、やることとやれたんだからいいだろ。一回で充分じゃないか」

「ふうん、随分淡泊なんだね。君といると僕のほうが絶倫のエロオヤジにでもなった気分だ」

「実際そうじゃないかよ、あっさりしてそうな顔して……ねちっこいし。看板に偽りありって、絶対あんたみたいなののこと言うんだ。広告だったらＪＡＲＯに通報されてるな、ＪＡＲＯに……」

場所がベッドの上で朝が爽やかだろうと、口の悪さは変わらない……はずだったが、悪戯《いたずら》に

身に触れてくる中馬の手に、久我山は「んっ」と息を飲み胴を震わせる。

宥《なだ》めるように手を這《は》わせる男は、小さく膨らんだ胸の左右の粒に指の腹を宛《あて》がった。

「……ぁっ」

吸ったり歯を立てたり、昨晩そうして散々弄《いじ》られた場所は今も薄赤く染まっていて、ややわと捏《こ》ねられるとそれだけでピンと硬く立ってくる。

「……いいよ、どこに通報してくれても。そしたら、君がどんなにいやらしくて、口では酷いこと言うくせに、可愛らしく誘って俺を惑わせるかを訴える」

「誘ってなんか……ぁっ……」

「……誘ってるよ。今日はエッチOKの日だって……昨日の晩だって、俺に早く抱いて……って言わんばかりにさ」

「なに……言って、そんなわけ…っ……ぁひっ」

甘く柔らかな声で洗脳するかのように責める男は、『証拠だ』とでも言うように久我山の身のあちこちに唇を落とした。

毛布を捲《めく》られてしまえば、すべてが露《あら》わになる。白い肌にいくつも散らばる赤い痕。執着心をむき出しに念入りな愛撫《あいぶ》を施された場所は、一つ一つ拾い上げるように唇を押し当てられる度に、夜の情交を思い起こさせる。

暗がりでの淫《みだ》らな行為。ねだるように上げた声。アルコールを言い訳に、どこまでも蕩《とろ》けた体も。

「やっ……」

膝裏に潜り込んだ手が片足を掲げ、足を割られただけで情けない声が出た。

「どこか痛い？」

ふるりと首を横に振る。そこへ触れられる予感に、羞恥とも恐れともつかないよく判らない感情がぶわりと上がってきて、久我山はなにも言えなくなる。

奥へと忍ぶ長い指。大きな手は吸いつくような感触で、白い腿《もも》の内側や尻のほうへと滑り込む。狭間《はざま》のさらに奥の、まだ湿りを帯びた窪地《くぼち》を探られると、羞恥に肌がざわりと騒いで急速に火照っていくのを感じた。

頬も耳も、晒《さら》された頼りなく白い内腿も。どこもかしこも、うっすらと紅色に染まっていく気がしてならない。

「あっ、やっ……」

軽い身震いが起こった。つぷっと沈められた指への抵抗は入口だけで、中は昨晩の行為の痕跡にぬかるんでいた。

「あ……あ…っ……」

そこを弄られると、久我山はいつも自分が自分でなくなるような錯覚を覚える。

「……まだ柔らかいね」

「……っ、や……」

「くすぐったいの？　随分大人しいんだな……誉はいつも、ここをこうすると静かになる。スイッチでもあるのかもね、この辺とか、ここら辺とかに……」

「ふ…ぁっ……だっ……やだ…っ、そこっ……史嗣《ふみつぐ》っ」

しゃくり上げて頭を振った。埋まる長い指は、お構いなしに感じるポイントを探りながら、濡《ぬ》れた道を奥へ奥へと開いていく。

「んん…ぅっ……」

容易《たやす》く飲み込んでしまった二本の指を中で広がされると、じわりと奥から溢れ出るものを感じた。生温かな体液の感触。中馬の長い指を伝い落ちる白濁に、羞恥のあまり身を竦《すく》ませる。

眠る直前に奥へと注がれたものだ。

「……や…ぁっ……」

だから嫌だったのだ。シャワーを浴びたいとも、ちゃんと言ったのに。

恨み言はやっぱり声にならず、酸欠になったみたいに薄く開いた唇を喘《あえ》がせるだけ。啜《すす》り泣くような音を漏らして、濡れた目で精一杯睨もうとする久我山に、顔を近づけてきた中馬は困った表情で笑む。

「ごめん、ちゃんと全部掻き出してあげてればよかったね」

「ひっ……ぁっ……ば…っ、ばかっ」

「バカ？　どうして、恋人の役目……いや、責任だろう。こんなにしたのは俺なんだから……ああ、まだ奥からどんどん下りてくるな。そんなにたくさん出したつもりはなかったんだけど」

「へんた…っ……」

『い』の文字まで言葉にできなかった。

ぬちりとした音を立てて、緩く広げたままの指を奥深いところへと穿《うが》たれ、「あっ、あっ」としゃくり上げるような声を上げる。

無意識に身を捩らせた。抜き差しされると駄目だった。ひどく和らいでいるのが判る。ぐちゅぐちゅと鳴るのが中馬が奥で解き放ったものであるのも、まざまざと感じさせられ、久我山は両足までガクガク揺らした。

「や…ぅっ……やっ、あ……んっ、んぅっ……」

尻をずり上げて嫌がる素振りを見せると、すぐ頭上に迫った唇が下りてくる。

「ん…ふっ……」

深いキスで抗議を封じながら、長い指は中から外へ、外からまた奥深くへと出入りする。掻き混ぜる音と、溢れ出る快感。ぬかるんだポイントを探られれば、中馬の下で久我山はひくひくと身を波打たせる。

「んっ、ん……ぁっ……あ…んっ……」

嫌だと思うのに、気持ちいい。

「……やっぱり一回じゃ……もの足りなかっただろう？　君も足りなかったって言ってるみたい」

「ちがっ……あぁ…っ……」

左右に首を振ってもまるで説得力はない。

腰が揺れる。中心で久我山の性器は頭を擡《もた》げ、先端をしとどに濡らした。

「あっ、も……つぐ……」

「ん？」

「史嗣…っ……もうっ……」

男の首筋に両手を回す。ねだるようにしがみついた体を揺さぶり、中の二本の指をそこへ導くようにして宛がった。感じやすいところ。どうにかしてほしいと、無意識に強い悦楽を求める。

もっと欲しい、もっと。

指ではない、もっと確かなもの。久我山の体は、まだその熱い形をしっかりと覚えていて、すぐにも快楽に流されていく。

「あぁ…んっ……」

切なく綻《ほころ》んだ中をきゅうと窄《すぼ》ませてしまい、軽くイったと思えるほど先走りが溢れる。中馬の左手に包んでゆるゆると扱かれれば、もうしゃくり上げる声しか出ない。

「やっ、も……やっ、はやく……早く、ふみ、つぐっ……」

自分から仕掛けておきながら、なかなか与えようとしない男は意地悪だ。

狙いを定める余裕すらなく恋人の唇にキスをして、頬や首筋にもキスをして、久我山は何度も早くとねだった。

「……本当に、君はいやらしいな。悪い子だ」

「……あ…ぁっ……や、いく……イクっ」

確かめるように中で大きく指を回され、本当に達しそうになった。一人でイクのは嫌だと思った。こんなにしたのは中馬のくせしてひどいとも。

最初から男同士のセックスでも久我山は快感を得られたけれど、二ヶ月と立たないうちにこんなに感じやすくなったのは、セックスの度に中馬に存分に可愛がられたからだ。

恋人になると甘い男は、抱き合うとなったらもっと甘くて、いつもとろとろに溶かされて久我山は達した。繰り返し、今も。

「あっ……や、なに…っ？」

ベッドに伸びきった体を、ぐいっと引き起こされて戸惑う。

「……せっかくだから桜島にも見てもらおうと思って」

「え……？」

「俺たち、こんなに仲良くなりましたってさ」

うっとりした声を吐きながら、中馬は起こした久我山の身を背後から抱き寄せた。悪戯っぽく笑ったかと思えば、熱を帯びた唇を耳朶《みみたぶ》へと押し当てられ、久我山はぶるりと腕の中の体を震わせる。

「……ぁっ、どういう……」

「だから、見てもらうんだよ、ほら」

窓辺に送られた視線を感じ、ようやく鈍った頭でも合点がいった。

「なっ、なに考えて……へんた…っ……」

『い』の文字まで、やっぱり言葉にできなかった。

浮かされた腰が、ぐちゅりと生々しい音を立てる。蕩《とろ》かされた場所に埋まる屹立《きつりつ》に、久我山は抵抗どころか、反論するタイミングさえ奪われた。

昨日から散々弄られ、今も弄《もてあそ》ぶような愛撫を受けた場所は、また歓喜して中馬を迎え入れる。

「んんっ……あ…ぁっ……」

「……すごいな、ずるって入っちゃった」

「や…っ、や…だっ……」

嫌だと切れ切れに言う間にも、視界は上下に揺れた。久我山の両足を背後から掲げるようにして腰を支え、中馬は緩やかな抽挿を始める。

ふわりふわりと浮き上がる視界。部屋の家具も、窓も、薄いボイルカーテンの向こうの街並みも。それから、すべてを照らし見渡すように、朝日を後光に浴びて輝く活火山も。

中馬が変なことを言うから、本当に桜島に覗かれてでもいるみたいな気分になってくる。思えば、最初から山には見られていたも同然だった。到着した新幹線のホームに降り立った際のぼやきも、バスの最悪の出会いも。それから奇跡的に親しくなって、ご近所付き合い。単なる飲み友達の隣人のはずが、いつの間にか気になる存在に変わっていた。

言い争って家を飛び出した夜。失恋したと思って泣きながら眠って、翌朝目を腫らして酷い顔していたのも。桜島は全部知っていると言えば知っている。

坂道でキスをされて、『好きだ』と告白されたのも。

恋人に変わった瞬間も――

「……あぁっ」

一際大きく上下に揺すられ、自らの体重も加わって深く中馬を咥《くわ》え込んだ久我山は、頭を激しく振って限界がきているのを訴える。

「……や、でっ……出る…っ……でる、もっ」

啜り喘ぐ久我山のか細くなった声に、男は耳元に唇を這わせながら、甘く唆《そそのか》すように悪い教えを吹き込んだ。

「……いいよ。一緒にイこうか」

「だっ…て、そんな…っ……あっ、あっ……あぁ…んっ」

くたくたに蕩けた身に、我慢なんて到底無理だった。

勢いよく欲望を解き放つ。同時に身の奥でも熱く迸《ほとばし》るものを感じ、受け止める久我山は震えた。遮るものも視界を阻むものもなく、恥ずかしげもなく窓辺に見せつけるようにして達してしまい、熱が引くにつれ背徳感は増す。

「……ばか…っ、もう……」

早く放せとばかりに揺する身を、快楽の余韻の冷めやらぬ男は、抜くことさえ拒んで抱き締めてきた。

久我山の肩口に顎《あご》を預けて、腹立たしいほどに糖度の上がった声で言う。

「……可愛いな、誉は。恥ずかしがらなくても、秘密にしてくれるよ。桜島どんは懐が広いから……」

腹をマグマでぐつぐつさせているような山、懐が広いとは思わない。短気で、自己中で、空気も読まずに灰を噴きまくっている山だ。

「……じ、なんて、ナシだ」

「え……?」

『王子』なんて、絶対無し。こんな変態の色ボケ男。

「なんでもないよ、呆《あき》れてんだ……バチ当たってても知らないからな。山には神様がいるとか言た。

　ふふっと中馬は笑う。意に介さない男のおかげで、その朝の行いは無理矢理幸せに転換され

「君が神様を信じるの？　ちょっと意外だな」

うってのに」

「ゴーグルよし、マスクよし、風向き南の風七メートル」

　指差し確認でも始めそうな勢いの久我山に、並び立つ男女は神妙な顔をして頷いた。

　アシスタント役の新留は汚れてはたまらないとばかりに、一纏《ひとまと》めに結んだロングヘアのしっぽをレインコートの中へと収め、脚立にセットした防塵《ぼうじん》カメラを構える中年男はマスクの下でゴクリと唾《つば》を飲む。

「来るぞ！」

　三人の仰ぐ先では、見るものを不安にさせる黒いうねりが晴れ渡った秋空を瞬く間に覆おうとしていた。

　まさに暗雲。しかし雲ではない。桜島の昭和火口から噴出した火山灰だ。噴煙は高く、二千メートルは優にある。通常の山なら数百メートルを超えれば噴火扱いだが、桜島では千メートルを超えるものしかカウントしない。『咳払い程度までいちいち数えてられるか』ということ

だろう。

そんな桜島も今日は大きなクシャミをした。今月に入って最大規模の爆発的噴火。色めき立って飛んできたのは、あらかじめ同地区で写真撮影の場所にピックアップしていたビューポイントだ。

見る間に噴煙に飲まれていく。美しい空が、暮らす街が。暗雲は音もなく忍び寄り、カメラマンの手元でシャッター音だけが連続して鳴り響く。

新留はラップにでもぴっちりと身を包むかのようにレインコートの首元を掻き合わせ、久我山はゴーグル越しの真剣な眼差しを空へと向け続けた。

待つこと十数分。

「降りませんね」

「降らなかったですね」

新留とカメラマンが口を揃えた。

灰は降って来ない。ぱらりとも、ふわりともしない。灰色の雲の帯は誰かが悪戯に舵《かじ》でも切ったかのように東寄りに進路を変え、待てど暮らせど降灰は始まらなかった。

「ママ〜」

澄み渡った空気に無言でマスクやゴーグルの重装備を解除し始めた三人の前を、公園に遊びに来た親子連れがよぎる。「ママ、ヘンな人〜」と幼女の上げた声と指差しに、「見ちゃいけません」とばかりに母親がぐいっとその手を引いたのが目に映った。

三人がいるのは平和な午後の児童公園だ。降灰予報もなんのその、滑り台やブランコで子供たちがきゃっきゃと遊び続ける傍《かたわ》らで、レインコートの大人たちはただでさえ不審で、邪魔臭いことこの上ない。

「久我山さん、五度目ですね」

新留がぽそりと確認するように言った。

灰の代わりに流れる気まずい空気。降灰は桜島と風の気紛れで、誰の責任でもないが、五回も連続して空振りとあっては空気も冷える。

「俺のせいか？　俺のせいだってのか⁉」

「べつにそうは言ってませんけど、でもこのままじゃヤバくないですか〜？」

実験服のような乳白色のレインコートを脱ぎながら、どこか他人事《ひとごと》のように言ってくれる。

人手不足は本社のサポートで解消できても、肝心のＰＲの要となる降灰はいかんともしがたい。コンペ用の動画を撮影したときにはすんなり先回りできた灰の降り始めは、いざ本番となると、桜島がヘソでも曲げたみたいにぴたっと遭遇できなくなった。

皮肉にも、噴火が大自然の営み。皆既日食などの天体ショーと同じく、人智の及ばない現象であるのを体感する羽目になっている。

いや、天体ショーのほうが百倍マシだ。なにしろあちらは予定どおりにやってくる。

「そ、それじゃ、今日のところはお疲れ様です～また～」

申し訳なさそうに帰っていくカメラマンの男の後ろ姿に、久我山がそっと漏らそうとした溜め息は、隣から響いたハアという聞こえよがしな息に遮られた。

「久我山さん、だからもうパンフの表紙くらい、既存の写真を借りちゃいましょうよ。なにもフリー素材から探すわけじゃないんですから、予算組めばいい写真が見つかりますって」

「お決まりの桜島はいらないんだよ。灰だよ、灰！　ここは普通に灰の降る街の写真が欲しいんだ。だいたいなにも、難しい絶景写真を撮ろうとしているわけじゃないだろ。夜の噴火やら火山雷を激写したいってんならともかく」

闇に沈んだ山の火口から噴き上がる真っ赤なマグマや、噴煙の中を舞うように怪しく光る稲妻、火山雷。そういった写真は、桜島に魅入られ、時間と労力を費やすことを厭《いと》わないフォトグラファーですら自在には撮れないという。運よく夜間の噴火に立ち会えるとは限らないし、光は一瞬で形を変える。何日桜島で張っても徒労に終わるというのだから、たった五回肩透かしを食らわされた久我山たちの比ではない。

それにしても、こっちはただシンプルな降灰の写真が撮りたいだけなのに――

「あっ！」

憂鬱《ゆううつ》顔で撤収しようと歩き出した久我山は、新留が小さく弾ませた声に振り返る。

「なんだ？」

「久我山さん、私思ったんですけど、灰を降らせたらいいんじゃないですか！」

一瞬沈黙しそうになった。

「……まさか、舞台に紙吹雪降らせるみたいにザルで？」

「ちょっとぉ、バカにしないでくださいよ。ほら、雨とか雪とか映画の撮影なんかで降らせてるじゃないですか。あんな感じで灰を飛ばすんですよ。散水っていうか、散灰？」

ポジティブ思考だけは頼もしい彼女は、得意げな顔をして言う。久我山は「やっぱりバカだ」と即答しそうになったのをぐっと堪え、自慢の微笑みを顔に張りつかせた。

「新留さん、それはちょっと難しいんじゃないかな～、うん」

人口で灰が降らせたら苦労しない。だいたいその灰はどうやって作るんだ。石英、長石、輝石、黒雲母やらのブレンド灰か。はたまた都市伝説のように噂される克灰袋《こくはい》で集められた灰の終末の地、夢《ゆめ》の島《しま》ならぬ灰の島へ拾いに行くか。

内心ボヤキつつも、とぼとぼと連れ立って歩く。帰りはバスと電車だ。行きはタクシーで飛んできた道も、帰りまで余分な経費はかけられない。空振りでも待機中のカメラマンの日当は発生しているし、このまま長期に及べば費用ばかりが嵩《かさ》む。近々、ＣＭ撮りのために本社が組んだ撮影チームも鹿児島入りする予定だが、全国区の人気女優を起用なんて案は早いうちに消えた。

「とにかく予算の件は支局長に相談しよう」

通りのバス停に辿り着いた久我山は、残された希望であるかのように普段はデスクでだらだらしているだけのオヤジを思い起こす。

「そうですね。ああ見えて、顔は広いですからね。だてに懇談会ばかりやってませんよ」

新留も同意し、珍しく意気投合した。

いざというときに責任の所在となり、頼みの綱にもなるのがトップたるものだ。

しかし、いざ会社に帰り着いてみると、デスクは無人だった。

『おやっとさぁ〜』

いつも気の抜ける鹿児島弁で出迎える支局長の姿はない。

「支局長は?」

「また懇談会ですか?」

口々に言いながら戻った二人に、女子事務員の中村《なかむら》が隣島の席からすぐさま声をかけてくる。

「それが今日は奥さんがいないとかで、昼休みにペットの世話をしに帰られたんですけど」

「ペット?」

初耳だ。新留は知っているらしい。

「柴犬のツンです。人懐こくって、全然ツンツンしてないんですよ〜」

「いや、ツンってそっちのツンじゃないいんじゃないか?」

たしか某薩摩の偉人が上野《うえの》の銅像で連れた犬がツンとかいう名前だった。

「なぁ、支局長ってやっぱり……」

久我山のまったく急を要しない話を遮り、中村は神妙な表情で告げた。

「それでさっき支局長から連絡あって、犬の散歩中に転んで骨折したそうなんです。今病院だって電話が」


「史嗣、おまえのせいだ」

仕事帰りに中馬と待ち合わせて訪れたショットバーで、カウンターにもたれた久我山は管《くだ》を巻くように言った。

「え？」

「おまえがあんな不謹慎なもん桜島に見せつけるから、ご機嫌損ねて灰が降らなくなったんだよ」

「セックスって不謹慎だったんだ？」

「バカっ、なにこんなとこで……」

声は密やかでもあからさま過ぎる単語に焦って周囲を見回したが、ほかの客たちはこちらを気にする様子もない。中馬は『まぁまぁ』と注文した酒を勧めてきた。

「ハーブ酒をブレンドしたカクテルはリラックス効果があるんだって」

ころんとした丸いグラスに、とろりとした琥珀《こはく》色の液体。

「ふん、酒詳しいんだな」

「昔はいろいろ飲んでたしね」

今夜の店は、バーといっても焼酎が自慢の鹿児島らしいショットバーで、面白そうだからちょっと行ってみようなんて話になった。カウンター裏の棚には地酒やプレミアムな焼酎がずらりと並んでいて、どうやら観光客に人気のようだけれど、普通のバーのように洋酒をベースにしたカクテルもある。

グラスに口をつけ、コクリと飲んだカクテルは甘かった。舌にくる甘さは、辛口の酒よりはストレスが緩和される気がする。

「灰に降られるのがこんなに難しいことだとはね」

久我山らしくもない弱気な愚痴も出る。

「風は気まぐれだからしょうがないさ。予報どおりに来ないことなんてしょっちゅうだし、秋は特に風向きがころころ変わりやすいし」

『女心と秋の空』なんて言葉もあるが、久我山の気分は『降灰と秋の空』だ。

交渉役として頼みの綱だった支局長も入院生活で踏んだり蹴ったり。夏には厄介者でしかなかった降灰を求め、引き続き県内を奔走する羽目になっている。

「夏でも必ずしも市内に降ると決まってるわけじゃないしねぇ。噴火自体が極端に少ない年も

「……」

「もういいよ。自然相手に追いかけっこなんてしかけた俺がバカだった。あっちは桜島なんて小綺麗な名前で呼ばれる前から、ずーっと噴火してんだからな。二万六千年前だっけ？　年の功だよ年の功」

ハアと判りやすく溜め息。隣では中馬が焼酎の水割りグラスに伸ばしかけた手を止め、こっちを見た。

「負けを認めるなんて君らしくもないね。諦《あきら》めるの？」

「諦めるわけないだろ、こっちはプロジェクトの成功がかかってんだ。パンフ写真は借り物になっても、ＣＭ撮影のほうはなんとしてでも成功させる。観光局のオヤジ連中に『ほら見たことか』なんて顔されてたまるか。十五秒で全国民、鹿児島の虜だ」

「そりゃ大変だ。部屋数足りなくなってホテル業界は嬉しい悲鳴だな」

「バカにしてるだろ？」

「まさか。強気のほうが君らしくていい。それでこそ僕の誉だな」

「……うさんくさ」

言葉は相変わらず胡散臭いけれど、ぽんと背後から撫でるように後頭部に触れてきた手は優しかった。ほんのりとした温もりを感じ、久我山の小さめの頭は包まれたような錯覚を覚える。

反動で手にしたグラスの氷もからりと崩れ、久我山の思いもぽろりと零れた。

「随分、優しいんだな」

「これでも一応恋人だからね。全面的に応援させてもらうよ」

一応というのは照れ隠しか、言葉のあやかなにかか。

中馬も判っているはずだ。この仕事が自分の下がりすぎた評価を再び取り戻すチャンスであるということ。成功すれば名誉挽回、部長の言うようにすぐにも辞令が下り、本社へ返り咲く可能性は高い。

再び東京へ。鹿児島を離れて——

現実になるのを想像すると、体が重たくなったように感じられるのは自分だけか。隣をそっと窺《うかが》い見ても、中馬は言葉どおりの穏やかな表情だ。木目のカウンターに浮かんだ水滴を指先でつっと撫でつつ、焼酎のグラスを傾けたりしている。

二十八歳の自分をときに子供扱いする『大人』の男。柔らかに微笑む顔からは、言葉以上の感情がまるで読み取れない。

——いちいち動じたりしませんってか、くそっ。

ふと、中馬と一緒にいた女の気持ちが理解できた気がした。判りたくもないけれど。中馬と付き合い、そして結婚した女はおそらくこんな気持ちをいつもモヤモヤと抱えていたのだろう。

何物にも執着しない。誰にでも優しく、誰にでも冷たいと罵《ののし》られたと言った。

彼女が誤解していただけと、自分はあのとき否定したけれど——

久我山は甘い酒をコクコクと喉奥へ流し込む。

「なぁ史嗣、おまえはさ、俺が……」

勢いに任せて口にしかけた言葉。問いかけは、背後から不意にかけられた声に阻まれた。

「えっ、史ちゃん……と、バスの割り込み野郎？」

振り返り見れば、ドアを開けて入ってきたばかりの客がこちらを見つめて立ち竦んでいた。

知った顔だ。出会いが強烈な上、花柄ストールを巻くような性別を超えたファッションセンスの男は忘れもしない。

「泰希《たいき》……」

中馬も驚いた様子で、昔馴染みである男の名を呟《つぶや》く。

「史ちゃん、どうしたの、なんでいんの？」

「なんでって……飲みに来たんだよ。天文館《てんもんかん》にいい焼酎バーがあるって聞いてさ」

「へぇ、俺もそう。今週店が改装で休みなんだけど、ちょうどうちも焼酎の品揃えよくしたいなって思ってたから……」

仕事はバーテンダーで、そういえば店は天文館にあるとも中馬から聞いた気がする。天文館とは、この辺りの鹿児島の中心的繁華街を差す名称だ。ショッピングモールかなにかとでも誤解されそうな名は、その昔、薩摩藩の作った天文観測所があったからだとか。

「向学にね」なんて泰希は殊勝なことを言い、中馬の向こうの空席へと座った。カウンター内から店員の声がかかると、「とりあえずビールで、コロナかハイネケンね」などと返している。

——とりあえずって、居酒屋か。向学が聞いて呆れる。

ていうか。

「おまえ、なにしれっと隣に座ってんだよ」

久我山の低くなった声に、『ああ、いたの』とでも言いかねない眼差しで泰希はこっちを見た。

「空いてるからだろ、おひとりさまだからだろ。なにか問題でも？」

「あるに決まってるだろ、連れの俺に断りもなしに相変わらずずうずうしい……ていうか、誰が『バスの割り込み野郎』だ。割り込んだのはテメーだろうが」

「『ちょっとバスで割り込まれて席取られたぐらいでケンカ売ってくるケツの穴の小せぇ野郎』の略だよ、文句あるか」

「紛らわしい略しかたすんな！　つか、おまえ割り込みの自覚あるんじゃねぇか！」

ここであったが百年目とばかりに罵り合う。三度目の偶然で会おうとも、反《そ》りの合わなさに変化はなく、こうなってくると前世の因縁でもあるのかもしれない。前世でもきっと駕籠《かご》や人力車を横取りされていたのだろう。

「まぁ、そのくらいで。ほかのお客さんの迷惑になるよ」

板挟みになった中馬が窘《たしな》める。『なに一人だけ常識人ぶってるんだよ』と思いつつも、白い目で見られるのは久我山の本意ではないので従うことにし、気を取り直してカクテルのおかわりを頼んだ。

「だいたい、なに二人でバーに飲みに来てんだよ」

泰希もしおらしくなりつつも、出された瓶のビールに添えられたライムを沈めながら、ぼそりと不満を言うのを忘れない。

「ご近所付き合いしてるって、泰希にも話しただろう?」

「史ちゃん、ご近所付き合いってのはさぁ、ゴミ出しのときに挨拶したり、回覧板のやり取りしたり、せいぜい家飲みで行き来するくらいじゃないの～?」

「……けっ、なんでおまえごときにご近所付き合いの定義を決められなきゃならねぇんだよ」

すかさず毒づく久我山を、お隣……ではなく、二軒隣の中馬越しの席から、泰希は睨み据えてくる。

停戦しつつも、一触即発の緊迫感。しかし、中馬はといえば必要以上に仲を取り持つでもなく、マイペースにその後も酒を楽しみ続けた。

つまり、『仕事帰りのカップルが焼酎バーでしっぽりとデート』の続きだ。大らかな男は隣に知人が座ったからといって、急に態度を改めたりもせず、男女であればすぐに関係を疑われる親密さで、ふとした拍子にまた久我山の頭に触れてきたりもする。

「誉、進んでないけど、そのカクテル飽きたんじゃないの? 俺飲むから、ほかの頼んだら？」

「ん、じゃあそうする。次は俺も焼酎にしようかな」

勧められるまま久我山は新しい酒を注文。飲みかけのグラスを引き受け、唇の触れた場所も構わず口をつける中馬を、隣から観察するかのような目がじっと見ている。

「ちょっと待て、やっぱりなんか変だ」

「え？」

「おまえら……まさか、デキてんの？」

泰希の恐る恐るの問いに、中馬はくすりと笑んだ。「さぁ、どうだろうね」なんて、余裕の問い返し。否定になってない。二人分の動揺を一手に引き受けたかのように反応したのは、ばっと立ち上がらんばかりに椅子《いす》から腰を浮かせた久我山だ。

「そっ、そんなことあるわけねぇだろっ！」

言葉は反論の体《てい》を成しているが、果たして否定になっているかといえばこちらも怪しい。動揺も露わに顔を赤くしたのでは、普通は肯定したも同然だ。

泰希は金髪頭を仰《の》け反《ぞ》らせて驚きを示した。

「う、嘘だろ、本当に付き合ってんのかっ⁉」

「だから違うって！　ただの隣人だ、ただの！」

「おまえ、メチャクチャ焦ってんじゃねぇかよ！　顔真っ赤だし。嘘だろ、史ちゃんがおまえなんかと……てか史嗣、いつから男もいけるようになったんだよ。趣味悪っ、マジでこいつと付き合ってんの？　ヤってんの？　いつヤったの？　ぎゃーっ、隣近所とかもうほぼ同棲じゃん！」

辺り憚《はばか》らずよく喋《しゃべ》る……いや、最後のほうに至ってはよく喚《わめ》く男だ。ここにスリッパの一つでもあろうものなら、その後頭部を小気味よく叩《たた》きつけたい気分だったが、実際の久我山はろくな反論もできずに硬直するばかり。

「お、お、お、俺はべつに……」

大声を上げてくれるせいで、バーの無関係の客にまで注目されている気がした。元より、無駄に過剰な自意識だ。一度気になり始めると、久我山は世界の中心が自分であるかのような錯覚と振る舞いを見せる。

「……はっ」

急に小さく笑った。

『ははは』と乾いた笑い声。

「お、おい？」

「どっちでもいいよ、そんなこと。俺は男同士で好きだの嫌いだのばっか言ってる小さい世界では暮らしてねぇしな」

「……は？」

「おまえが下種《げす》の勘繰りでどう思おうと、俺はいつまでも地方都市で燻《くすぶ》ってられる人間じゃないってこと。鹿児島にいられるのなんて限られた期間だけだし、ご近所付き合いとか、お友達とか、恋……とにかく、なんだろうと今だけにすぎねぇから。一過性って言うの？」

花柄ストールを首に巻いてようが、人付き合いにおいて普通の感覚を持ち合わせているらしい男は呆気《あっけ》に取られた顔だ。『ははっ』と見栄っ張りの虚勢で久我山は再び笑いを響かせた。

「今だけって、おまえ……」

「ああ、そうなったらおまえとも会うこともねぇだろな。偶然擦れ違うとか絶対ないし。そう考えたら一ミリ……いや、一マイクロ……一ナノくらいは別れがたい」

名残惜しいんだか、惜しくないんだか判らないことを言いながら、届いたばかりの水割り焼酎のグラスを、『乾杯』と泰希の二杯目であるグラスに押し当てる。

間で温くなった甘いカクテルを飲み続ける男の顔は、そのとき確認していなかった。

「酔うと陽気になるんだな」

バーの前の路地を後ずさりながらしきりに手を振る泰希の姿に、久我山は困惑したように呟いた。酒が入ると上機嫌で天敵であるはずの久我山にも「じゃあな～」と大きく手を振る男は、これから知人の店に梯子《はしご》する気らしい。

路地に並んで見送る中馬は、ぼそりとした声で応える。

「あいつはいつも一見陽気だよ」

「それはそうなんだけど……」

『一見』とは、意外に繊細なところがあるらしい性格を慮《おもんぱか》っての言葉か。

隣を見たが、それ以上は返って来なかった。

二人きりになった途端に、静寂にでも見舞われたように感じられる。昼の賑《にぎ》やかな中心街であるアーケードや大通りからは離れた、飲み屋の並ぶ裏路地だ。

酔っ払いは歩いているし、無人ではない。それでも静かに感じるのは、隣を歩く男の口数が極端に減っているからだ。

狭い歩道を、久我山は寄り添うようについて歩きながら、そっと何度か高い位置にある中馬の横顔を盗み見た。特にむすりとしているわけでもない、普通の顔だ。けれど、様子がおかしいのは店にいる際から気づいていた。

やばい気がした。

夜風が一歩歩くごとに、熱を奪って行く。

体の火照りも、淀《よど》んだ思考も。秋の冷たくなった夜気に晒された頭は冴え、自分の言動を振り返ろうとさえし始める。

「もう遅いし、やっぱりタクシーで帰ろうか」

電停へ向かうのを諦めた中馬がそう言い、久我山も頷いたが空気は変わらぬまま。間の悪いことに、さっきまで何度も通りかかっていたタクシーもこんなときに限って来なくなる。

黄色い一灯式の信号が点滅する四つ角で足を止めた。

「なぁ、なんか怒ってんの？」

沈黙に堪えかね、ついに声をかけた。軽く問いかけたつもりの言葉は、思いのほか弱々しい声で、夜風のせいか震えたようにも感じられた。

店であの男がいたときのような調子が出ない。

「泰希に言ったこと、僕が気にしないとでも思った？」

苛立ちこそ否定しないものの、中馬の声はいつものふわりとした穏やかな声だ。

少しだけ久我山も肩の力が抜ける。

「認めろってのか？　ただの近所付き合いじゃありませんって？」

「俺は泰希に知られても構わないよ。けど、べつに本当のことを彼に知ってもらいたいわけでもないしね。だから、ただの隣人でも友人でも、関係はなんでもいい」

「だったら……」

「それより、関係がなんでも君はこの街を出たら終わりだと思ってたんだ？」

「それは……」

「案外、薄情なんだな」

ふっと皮肉めいた笑いを零す。途端に久我山の胸には、燻っていた思いが腹の内から浮上するように湧いた。

——自分だって気にしてなかったくせして。

『全面的に応援させてもらう』とかなんとか調子のいいことを言って、結局そんな涼しい顔していられるのは、どうでもいいからじゃないのか。

むっと眉を顰《しか》めて沈黙する間にも、見据えた道路を緑と白のツートンカラーのタクシーが過ぎった。空車のタクシーだったにもかかわらず、中馬は停めようとする気配もなく隣に立っている。

走り抜けたタクシーの風圧に、路肩に立つ久我山のスーツの裾《すそ》は揺れ、淡いグレーのテーラードのジャケットを羽織った男は微《かす》かに苦笑した。

「そうは言っても、俺も君の性格はある程度理解しているつもりなんだけどね」

「どういう意味？」

「泰希にああ言ったのは、半分くらいはただの勢いなんだろう？　君は他人が思うほど情に乏しくない。でも、そう判ってても、言葉で聞かされると結構きたかな」

逸らされた眼差しが、こちらを向く。

「ごめん、大人げなかったよ」

機嫌を損ねていたかと思えば、勝手に自己完結。適当に宥めるように謝られても、どんな反応をすればいいのか判らない。

「なんだよそれ……」

判ったふうなことを言ってくれると思った。

自分の言動が勢いの口から出まかせだとして、じゃあおまえはどうだ。仕事への励ましは心からの言葉だというのなら、東京へ戻るとなっても焦りすらない薄情者はそっちじゃないか。

中馬は許容しすぎるのかもしれない。

『君の成功を願ってるよ』なんて、涼しい顔で別れ際に空港だか駅のホームだかで言う姿までうっかり想像できてしまい、胸が一層もやもやする。

久我山は吐き捨てた。

「……べつに勢いとか、嘘じゃねぇよ」

「え……」

「現実だろ。だって、俺は本当にいつまでここにいるか判らないんだし。隣近所に引っ越すのとわけが違う。鹿児島と東京の距離知ってるか？　千キロだぞ？　飛行機で二時間弱、新幹線は大阪《おおさか》で乗り継いで六時間半かかった。ちょっとそこまでの距離じゃないっての、おまえだって判ってるんだろう？」

「ああ……そうだね、随分遠くなるかな。十メートルが千キロっていったら、十万倍か」

苦笑して言う男の反応は、のんびりしたものに感じられた。

「もしかして、遠距離でも頑張れるとか思ってんの？」

「どうかな。正直、自信を持ってイエスと言える距離ではないね。一年や二年は頑張れても、お互いに多忙だから自然消滅なんてことに……」

ずっしりと、なにか重石《おもし》のようなものが乗っかってきた気がした。

そんな風に思いながら、こいつは『応援』なんてにっこり笑っていやがったのか。

——クソッ。

「……だから言ってんだろ、こんな関係いつまでも続かないって」

「誉？」

「俺はあのお友達みたいに開き直ってゲイでいる気もないし、そもそも今の仕事だって本社に戻りたくて勝ち取ったんだし。自然消滅なんて、いつ来るか判んねぇもの待つより、さくっと終わりにしたほうがせいせい……」

隣に並び立つ長身が大きな影のようにゆらりと動いた。はっとなって顔を向けると、至近距離から中馬が覗き込んでくる。

「それが君の本心？」

笑っていなかった。

頭上から注ぐ人工的な光。街灯が深い影を作り、暗がりに沈んだ二つの眸の色までは読めない。

「……だったらどうだって」

息を飲んだ。だらりと下がっていた男の右手が上がり、久我山は殴られでもするのかと思った。しかし、中馬はその手を高く掲げただけで、路上で反応したのは先ほどと違う赤と黄色のツートンの車だ。

「タクシー、来たよ」

すっと滑り込むように目の前にタクシーは停まったものの、久我山の反応は鈍くワンテンポ遅れた。

先に中馬が乗り込む。ドライバーに行く先を告げ終えて走り出しても、互いに口を開こうとせず、他人が狭い空間にいるとあっては久我山は話の続きもできなくなった。

だからさっき、中馬はタクシーに乗らなかったのかもしれない。

じゃあ今は、もう話は終わったってことか？

なんで？　どうして？　どうでもいいような疑問までもが押し寄せてきて、頭が埋め尽くされる。

面倒くさい。一挙手一投足を気にして、恋愛はこんなにややこしいものじゃなかったはずだ。いい仕事をして、いい服を着て、持ち前の美貌にそれらが加われば女はいくらでも寄ってくる。

ここへ来るときだって、親密な付き合いの女友達との別れを、あまり淋しいとは思わなかった。それより、左遷なんて馬鹿にされるのがとにかく嫌で、考えたのは自分の仕事上の体裁を取り繕うことばかり。

だいたい転勤はなくとも、人付き合いに別れはつきものだ。学生時代、社会人になってから、思い浮かべるうちに久我山はあることに気がつく。今まで何人別れがたく思った相手がいるかなんて、問題じゃない。

問題は、こんな風に女々しく過去と比較する自分は初めてだということだ。

こんなのは、自分らしくない。

沈黙の中、久我山の頭にだけ目まぐるしく言葉は行き交う。背けるように顔を向けたガラス窓の向こうは、大通りの景色に変わっていた。

街が、ネオンが、歩道の人が。次々と流れるように飛び去って行く。明かりの一つ一つを、後方へ蹴散らそうとでもするように久我山は見据えた。目に馴染んだ風景を早く流れろと思う。

いいから、早く行っちまえと。

全部流れてしまえば、車はスピードを上げて家へと辿《たど》り着く。

翌日の午後、久我山は桜島へ向かうフェリー船の上にいた。

タラップの下で波が船を打つ音は、まるで誰かの手のひらが船体を叩いてでもいるかのようだ。ひたひたとも、ぴたぴたともつかない音が鳴る度に、自分まで波に叩かれている気分に駆られる。

中馬にもそうされたかったのかもしれない。怒って詰《なじ》って、「そんな馬鹿なこと言うな、おまえをどこへも行かせやしない！」なんて、今時ちょっとお目にかかれない恋愛ドラマのようなセリフを吐いて、ついでに壁をドンと叩いてほしかったりしたのかも。

――いや、さすがにそれはないだろう。てか、壁ドンする場所なんかなかったし。

昨晩はタクシーを降りた後は、ろくに口も利かないままそれぞれの家に帰った。

頭を振って溜め息を繰り返す間にも、乗り込んだフェリーは特に出発の合図もなく動き出す。

桜島と鹿児島港を結ぶ船は十五分間隔で運行しており、深夜こそ本数は減るも、二十四時間営業の全国的にも珍しい渡し船だ。これぞ島民と旅人の足。

「久我山さん、ほら！　桜島が見えてきましたよ～、桜島！」

甲板の白い手摺りにもたれ、今一つテンションの上がらないでいる久我山を、新留が煽《あお》り立てるように言った。

「さっきからずっと見えてるだろ、自己主張激しすぎるくらいにな」

僅《わず》か十五分足らずで到着する島は、出発前から目の前にある。

改めて見ても大きな島だ。島というより、まさに海上の山。島幅は南北で約十キロ、山の標高は一千百メートル強。湾にどんと構えているのは違和感さえ感じる光景だが、そもそも錦江湾とも呼ばれる鹿児島湾は火山活動により生まれた海だ。

ここは熊本《くまもと》の阿蘇《あそ》などと同じ、巨大なカルデラの中。およそ二万九千年前から、途方もない規模の噴火を繰り返してできた複数のカルデラの集合体に、現在の海も島も存在する。

　壮大な地球の営みからすれば、水溜りの中に蟻塚《ありづか》が一つできたようなものだろう。桜島が連日元気よく噴火していると言っても、周辺の火山群の荒々しい活動の歴史からすれば今はスヤスヤと居眠りをしているに等しい。

　鏡のように広がる波穏やかな海。厚い雲を笠《かさ》のように被った神秘の山の頂き。山頂はいくつかの峰で成り立っており、海へと広くなだらかに降りた裾野はまさに雄大な自然のパノラマ。

「もう、久我山さんを元気づけようと思って、盛り上げてるんですよ～？　今日は下見なんだし、気楽に行きましょうよ」

　海風に日除けの帽子が飛ばないよう片手で押さえた新留は、隣でぼやくように言った。久我山の冴えない顔は、仕事の状況を憂えてのことだと思っているらしい。

「そんな格好で大丈夫なのか？」

　職場が服装に緩いのをいいことに、クライアントの前以外ではガーリッシュスタイルを貫く彼女は、リゾート地にでも来たかのようなワンピース姿だ。

「観光で回る場所はきっちり整備されてますからね」

「観光じゃないだろう」

「桜島どん、久しぶりです！　やっぱり近すぎるとなかなか行かないものですね。学生のとき以来かも……ほらっ、見てくださいい山の緑が綺麗で癒されますよ～！」

「だから、観光じゃないって。仕事だ、仕事！　癒されてどうするんだ、つか……」

短いフェリー船の旅。島は二人が嚙《か》み合わない会話をする間にもぐんぐんと近づいてきて、その全貌を現わし始める。海岸線のフェリーターミナルを中心とした集落の先は見渡す限り山の緑だ。

茶色の山肌の山頂付近以外は木々に覆われ、特に中腹部は太古の山々を思わせる樹林帯に映った。

「なんでこんなに木が生えてんだよ」

「なんでって、桜島が頑張ったからですよ～」

子供でも納得しないような返事だったが、それはあながち間違いではなかった。

船を降りて、まずは勢い向かったビジターセンターで、桜島のあらましをその噴火の歴史とともに模型やら資料写真やらで再確認した久我山は、緑が長い年月をかけて山が再生を続けている証であると知った。

特に、島の東部に草原のように広がる広大なクロマツの若木の林は、大正時代の大噴火で流れ出た溶岩の跡に芽吹いた木々だ。

この山は自ら噴出したマグマで、すべてを焼き払い飲み込んでは、再び根づいた命を育んでいるのだ。

「すごいです！　溶岩跡だったなんて、もう判らないくらいの緑ですよね」

「いやぁ、まだまだですよ。近くで見ると、黒い岩肌は溶岩特有のものだって判りますから」

素直に感動している新留にレクチャーを施す職員に、久我山は不躾《ぶしつけ》に問う。

「で、歩けますか？」

「えっ、歩くんですか？」

職員の男はぎょっとした表情だ。撮影で活火山らしい風景である溶岩原の上を歩きたいのだと説明すると、地質が脆《もろ》く崩れやすいから無理だと突っぱねられた。

「では、山はどうですか？　山頂付近は見た感じ岩山のようですけど」

「登れませんよ」

「機材運ぶには体力勝負かもしれませんが、スタッフは皆いい絵を撮るためなら苦労は厭《いと》わない者たちですから……」

「いや、努力の問題じゃなくてですね。入山規制がかかってますから」

「あ……」

「活火山ですからねぇ。山頂付近の入山規制はもう六十年ほど前から続いています。一般観光客じゃないといっても、まぁまず許可はおりないでしょうねぇ」

目の前に山はあるが、肝心の岩山部分には入れない。緑の山では、そこいらの山と変わりがない。

久我山がＣＭのカットの一つとして求めているのは、太古から続く火山活動を色濃く映す岩肌の地形だ。通常の山々とは一線を画した別世界。

ビジターセンターを後にした二人は、レンタカーを借りて主なスポットを見て回ったが、どこも求める絵面《えづら》には程遠かった。ダメ元で市の危機管理課に入山許可について問い合わせてみても、取りつく島もない断られようだった。

ぴたぴたひたひたと波が船を打つ。

フェリー乗り場の前まで戻った久我山は、岸壁で西日に変わった海を前にしゃがみ込んだ。

「まいった。マジで撮影に適した場所が見つからない」

「久我山さん……弱音を吐かないでください。そんなの、らしくありませんよ？」

「新留さん……」

「確認取るからダメだって言われるんじゃないですか。ちゃっちゃっと登ってしまえばいいんです。さくっと行けばバレやしませんって。なにかあったら……そう、自己責任ってことで！」

久我山は一呼吸置いてから口を開いた。

「……実に君らしい豪胆な意見だ。けどな、公共のＰＲ広告で規制破っていいわけないだろうが！」

「えー、そんなこと言ってたらいい絵なんて撮れませんよ」

「だから、さっきから困ってんだって……」

呆れる久我山が、行きも帰りも噛み合わない会話を繰り広げようとしたところ、ノーネクタイのシャツのポケットに突っ込んだ携帯電話が鳴った。慌てて立ちあがりながら電話に出る。

相手は本社の貴田だった。

『悪いな、下見に付き合えないで』

今日見に行くと伝えていたから、連絡をくれたのだろう。

「いえ、来月はよろしくお願いします」

『で、どうだった？　コンテどおりに行きそうか？』

当然、東京からわざわざチームを引き連れやって来る男が気にしているのはそこだ。言いづらいながらも、正直に難航中であることを打ち明けると、男はまるで意に介した様子もなく応えた。

『なんだそんなことか。任せとけ、俺が灰ぐらいいくらでもすぐに降らせてやる』

「できるんですか⁉」

まさか例の降灰機か。ちらと横目で見た新留と目が合う。

『えっ、んなマジになられると困るんだが。そういうのはＣＧの出番だろ。複雑ならＣＧ制作のプロダクションに発注が必要になるかもな』

「あ……」

当たり前に飛び出すほど、今やＣＧも広告業界の常識だ。ときに女優のウエストを細くしたり、胸を盛ってみたりと、なくてはならない存在になっている。

『だいたい最初からそうしたほうが、島で噴火の張り込みかけるよりよっぽど低予算でできるんじゃないの？』

「最初からも、途中からもありません」

『え？』

「降灰にCGは不要です。本物でいきますから」

二の句を継がせない調子で久我山は断言した。

「く、久我山さん、大丈夫ですか？　そんなはっきり言って……」

通話を終えるなり再び盛大な溜め息で、その場にしゃがみ込んだ久我山に、新留が心配げに声をかけてくる。啖呵《たんか》を切ったも同然だ。後から『やっぱりCGお願いします』じゃ、久我山の体面はともかく予算が回らない。

「しょうがねぇだろ、ショーなんだよこれは。CG合成の皆既日食なんて見て誰が感動すんだよ。そんなもの見て、本物が見たいと思えるか？　大挙して押し寄せるか？」

「でも……」

「最悪は俺とおまえでザルでも振って灰降らせるさ」

灰色のフロントガラスの空は、ワイパーで一撫《ひとな》ですると、掃かれた分だけ扇形にクリアになった。日に日に早くなる日没に赤く焼け始めた空が覗《のぞ》く。

月はついに十一月に変わった。週末の日曜日、久しぶりに愛車のハンドルを握って走らせたにもかかわらず、久我山《くがやま》は相も変わらず浮かない顔だ。

思いどおりにいかないときは、何事も悪いループに嵌《は》まってしまうもので、ひた走った道が見慣れた住宅道へと変わり、坂道を上って我が家へ辿《たど》り着こうというとき、それは起こった。

隣家の門扉が開くのが見えた。出てきた男にフロントガラス越しの久我山が気づけば、当然あちらも気がつく。素知らぬ振りで通り過ぎて車を停めようにも、駐車場は近所の子供たちに目をつけられてらくがきされるような道路側だ。

降り立てば、道路はすぐ目の前。これからどこかへ行くつもりだったらしい中馬《ちゅうま》としっかり鉢合わせる。

「おかえり」

「ああ……」

歩み寄る男に、『どうも』とばかりに他人行儀な会釈とも頷《うなず》きともつかない反応を返した。いきなり付き合いの薄いご近所さんであるかのようにぎこちないのは、バーの帰りに言い争ったからだけではない。

昨晩、『明日、ドライブにでも行かないか？』と送られてきたメールを、『仕事がある』と断ってしまったからだ。

「思い切りよくやったもんだね。ガラスは案外傷が入りやすいよ」

「……ほっとけ」

中馬はくっきりと扇形に灰の掃かれたフロントガラスに目を留めている。ワイパーを使って無造作に灰をどけたのはバレバレだった。ただでさえ埃《ほこり》の目立つ久我山の濃紺のSUV車は、ルーフやボンネットを中心に灰色に染まり、鹿児島《かごしま》の人間なら一目で降灰にやられたと判る有り様だ。

しかし、比較するように並んだ周囲の車は灰を被ってはいなかった。道路も家々の屋根も、隣人が世話を焼いている庭も。ピカピカに綺麗《きれい》なままだ。

ドライブの誘いを断っておきながら、久我山がどこかへ遠出していたのは明白だ。服装も堅苦しい仕事服ではなく、カットソーにジーンズのラフさ。

「誉《ほまれ》、今日は仕事じゃなかったのか？」

問いかけが嫌味に聞こえてしまうのは、後ろ暗い気持ちに駆られているからか。

久我山は抵抗を示すように、ツンと澄ました声で答えた。日がな一日どこでなにをしていたかは、今は追及されたくない気分だ。

「仕事だよ。近いうちに東京《とうきよう》から撮影チームが来るんで、いろいろ準備もあってさ」

「撮影チーム？」

「そう、例のCMの。本社の人間だけじゃなく、プロダクションお抱えの敏腕カメラマンも来るとなったら、それなりにもてなしもしなきゃならないし。美人アシスタントを引き連れて来るなんて話もあるしね」

軽口を叩《たた》いて誤魔化したところで、いい反応が返るはずもない。

「ふうん、美人ね。そこ、強調するところなんだ？」

中馬は今度こそ皮肉めいた笑いを零した。

むっとした声で久我山は返す。

「おまえは？」

「コンビニだよ」

休日らしいニット姿の男は、革財布だけを突っ込んだカーキのパンツの尻ポケットの上を叩く。追及する余地もない。

ツイてない。休みに家で掃除だか庭の手入れだかをしていた男がコンビニへ出るタイミングで、偶然車に乗った自分が帰宅する確率は何パーセントだ。

「まさか、見張ってたんじゃないよな」

勢い転がり出た言葉に、頭上の顔は眉を顰《しか》める。

「残念ながら、僕もそこまで暇じゃないよ。これでも少ない休みにはやるべきことが山積みでね」

「どうだか。こないだはのん気にさつま揚げ揚げて待ってたくせして」

「のん気って……べつに暇だったわけじゃない。君、僕の仕事をそんな風に思ってたんだ？」

ふうん初めて聞かされる本音だな」

つい出ただけで、深い意味などない。

「なっ、そういう……また揚げ足取るつもりかよ」

「揚げ足取りってのは、火のないところに煙を立てるような行為だろう。君の場合、ケチをつけられる前に、いつも自分ではっきり言ってる」

「そっ、それが揚げ足取りだってんだよ。小さいことをネチネチと。てか、実際こうやって日曜はしっかり家で寛《くつろ》いでるじゃねぇか。だいたい、医者ぐらいだっての。お客にお礼言われて頭下げられて、『先生～』なんてありがたがられる商売は」

まるで出会いの頃にでも戻ったみたいだ。些末《さまつ》なことをきっかけに言い争い。ただ違うのは、負けじと応戦してくるはずの男の反応が鈍い。

中馬は言い返す代わりに、困ったような顔で苦笑いした。

「まぁ、それはそのとおりだけど」

ヘリクツとイケズを取り柄とまでは言わないが、あっさりと矛《ほこ》を収められてしまうと、久我山は調子が狂う。

「でも、お偉い『先生』の職業はほかにもあるよ。弁護士とか政治家とか……君は？」

「え？」

「それで、君の仕事は特別なわけ？」

繰り出した矛先を素直に『ごめんなさい』で引っ込められる性格であったなら、久我山は久我山には成長していない。今頃、人望も厚いＣＤとなり、敵は作らず、先輩ＡＤに疎まれたりもせず、上司には寵愛《ちょうあい》され鹿児島にだって飛ばされることはなかった。

ある意味、鹿児島で出会えたのはこの性格のおかげだけれど、いつでも都合のいい働きをするわけじゃない。

口は災いの元。大抵は自分の首を絞める。

「……違うに決まってんだろ。こっちは店じまいしたら終了って仕事じゃないんだ。閉店時間なんてないし、『今日はここまで』なんてできない。創造するのが仕事なんだよ。クリエイティブ！　そこいらの仕事と一緒にしないでほしいね」

あらゆる職業を敵に回す言い草だったが、久我山は実際そう思っていた。それくらいの自負がないと、広告業界でＣＤなんてやってられない。ときに軽薄な業界人のイメージを持たれつつ、ときにクライアントに諂《へつら》い、市場を牽引《けんいん》している顔をしてみせても、売れるものでなければ創造物はゴミ以下の価値。そんな世界。

「……くそ」

無意識に車についた手に、ざらりとした感触を覚えた。朝から走り回った車に降った、灰の感触。視線を落とした足元は、珍しく履いたスニーカーが元も判りづらいほど灰の色に変わっている。

「明日も出かけるから」

「誉？」

べつに申告する必要もないのに、自棄になったように言う。

「明日も、明後日も……来週末からは桜島《さくらじま》に泊まりだし、当分戻って来ねぇからそのつもりで」

「教えてくださってどうも。悲願の本社復帰もかかってるし、気合も入るって感じだな」

「当然だろ」

誰のためにもならない、無益な言葉の応酬。

久我山は、中馬を見返すことができずにいつの間にか目を逸らした。ぶわりとまた湧《わ》いてきそうな女々しい感情を、現われる先から潰《つぶ》していくように言葉を並べる。

「そうかもな。やっぱり合わねぇんだよ、俺にはこんなとこ」

「君はこの街を好きになりかけてるんだとばかり思ってたけど？」

「はっ、所詮《しょせん》都会の人間が田舎に憧れて、『田舎いいよいいよ〜大自然最高〜』とかやってるようなもんだよ」

限界はある。掃き損ねて路肩やベランダの隅に積もりに積もった灰のように、溢《あふ》れてしまえば厄介者でしかない。

「ふうん、なるほどね。いつまでも調子合わせてられるかって？」

「だってそうだろ、毎朝通勤でオバサンの理不尽な席取りに遭遇してみろ。仏の顔も三度まで、嫌気も差すっての」

「君が仏？　随分狭量で我儘《わがまま》な仏様だな」

「なっ……」

打てば響いてくる中馬の嫌味に、思わずヒートアップした。

返していた手のひらを元へと戻す。しまっていた二枚舌の一枚を引っ張り出すかのように、こと鹿児島の悪口なら水を得た魚のように久我山は繰り出せた。

「だいたい、いろいろおかしいんだよ、この街は。路面電車だってちょっとそこまでなら歩いたほうが早いじゃないかよ、隣の駅見えてるし。そりゃ電車もノロノロ運転で歩行者も前過《よ》ぎるっての。電停だって、後から来た奴が平然とホームの先頭に割り込みかけるし、それを誰も気にもとめねぇって、どうなってんの。もっと怒れよ、マナーを重んじろよ。あーもう無理、だから無理、都会人ですから俺。現代人は今更サヘラントロプスには戻れねぇんだよ。アウストラロピテクスにもな！」

言い尽くして妙な達成感を得たのは一瞬だった。胸がすっとしたのも束の間、逃げるように逸らしていた視線を、隣へ向ければやや上空から見下ろす長身の男と目が合う。

冷ややかとしか言いようのない眼差しに、触れた瞬間から胸が冷えた。

「言いたいことはそれだけ？」

「あ……」

自ら煽《あお》っておきながら、そんな表情をされるとなんと返せばいいのか判らなくなる。

久我山は『そうだ』とも『足りない』とも言えないまま、その場から逃げるように踵《きびす》を返すことを選んだ。

「もう時間の無駄だから帰る。明日も仕事なんだ」


会いたくない。

そう思えば思うほど、人は磁石のS極とN極のように皮肉にも勢いよく引き合ってしまうものなんだろうか。

「なんや久我山、おてちっきゃんせ」

開け放たれた戸口の向こうの廊下を人が過ぎる度に、びくりとなって振り返る久我山を、病室のベッドの支局長は『落ち着け』と胡散《うさん》臭そうな目で見た。

夕方、観光局の担当者との打ち合わせの帰りに、久我山は新留《にいどめ》と病院に見舞いに訪れていた。

鹿児島セントラルクリニック。いざ、確認するまで知らなかったが、よりにもよって中馬の勤める総合病院だ。

外科と内科じゃ病棟が違うとはいえ、どこにいても緊張が走る。先週から、ずっと中馬を避けていた。

「そいで、わいのほうの具合はどげんね？」

「えっ？」

「なにたまげてんだ、観光局のしごっのことやっど」

ギプスの足をベッドに投げ出すしかない支局長は、某銅像の偉人似のオーラもなく、スウェット姿ですっかり休日のオヤジに成り下がっている。

しかし腐っても支局長、仕事の進捗《しんちょく》状況は気がかりらしい。

「それがですね……」

ベッドの傍らの椅子《いす》に座る新留は、『聞いてくださいよ〜！』とばかりに声を上げた。馬鹿正直に戦況を語ろうとする彼女をどつくわけにもいかず、久我山は露骨な咳払いで遮る。

「まぁ、ぼちぼちです。もう明日から桜島の撮影にも入りますし、島でしっかり張り込みますよ。噴火の瞬間、ばっちり押さえますから」

「押さえるって、でも場所……」

——どうしても俺にどつかせる気か！

今日はピカピカの革靴を履いた足先で、椅子の足を蹴る。新留はむっとした表情でこちらを振り仰いだが、久我山は早めに見舞いを切り上げて病室を出た。

足早に廊下を歩いて退散する後ろを小走りに追いながら、彼女は不満の声を上げる。

「なんでですか？　なんで支局長に本当のこと話さないんですかっ⁉」

「本当のことってね、べつに嘘は言ってない。ぼちぼちって言っただけだ。だいたい、身動き取れない支局長に今言ったってしょうがないだろ」

正論を言ったつもりだが、隣から覗き込む彼女の視線は疑いの眼差しだ。

「久我山さん、もしかして支局長に負担かけまいとしてます？」

「まさか」

「変なとこ優しいですよね、久我山さんって。でも気の遣いどころ間違ってるっていうか」

「褒めてんのか？　貶《けな》してんのか……」

「あっ！　売店の人、まだ変わってない」

みなまで人の話を聞こうともしない。落ち着きなく周囲に視線を彷徨《さまよ》わせていた彼女は、小さなコンビニのように構える売店にぱっと意識を向ける。

「知ってるの？」

「この病院、一昨年私の彼も入院してたんです。それで、時々お見舞いに来てたんで」

「彼って……ああ、あのブサ……オヤ……」

自己規制を連ならせ、なにを言ってるのか判らなくなる。ブサイクなオヤジ。久我山からすれば、なに一つ取り柄のなさそうな中年男だ。

それなりに可愛《かわい》い顔をした今時の若い女子である新留には釣り合わない気がする。

「新留さんって、彼氏のどこが好きなの？」

「えっ、どこって……優しいところですかね」

「ふーん、まぁそうだろうね」

ブサイクな上に性格も悪かったら、後はもう金ぐらいしか取り柄がない。

久我山が辛辣《しんらつ》にもほどがある感想を抱いているとも知らず、新留は伺いを立ててきた。

「ごめんなさい、ちょっと行ってきてもいいですか？」

売店で働く女性とそれほど親しくなっていたのか。

「ああ、いいよ。べつに」

この後の予定が押しているわけでもないので快く送り出したものの、自身は手持ち無沙汰《ぶさた》になった。女のお喋《しゃべ》りと買い物は大抵『ちょっと』ではすまない。じっと待つのは忍耐力がいる。

すぐそこの待合室にでも移動しようとしたところ、覚えのある背格好の男が目の前のロビーから近づいて来るのが見えた。

中馬だ。見慣れない白衣姿に久我山の反応は遅れ、あたふたと身を隠そうにも通路のど真ん中。岩陰に隠れ損ねたヤマネのようにその場で身をひっと硬直させるも、手にしたファイルだかタブレットだかに視線を落とした男は、久我山にまるで気づく様子もなく歩き去って行く。

ただの障害物にでもなったかのようにするりと避けられ、呆然《ぼうぜん》とその背を見送った。

「中馬先生！」

向かう先には看護師が待ち受けている。

「明里《あかり》ちゃん、吐いたって⁉」

どうやら患者に何事かあったらしい。

「朝食の後はなんともなかったんですけど」

「薬合わなかったかな、今の数値教えて」

話しながら病棟のほうへ向かう男の後を、久我山は自然と追った。

白衣を纏《まと》っていても、すっと背筋の伸びた広い背は中馬のものにほかならないのに、見知らぬ誰かであるような不思議な感覚。

働く姿は初めて見る。医者と聞いてあまりに違和感がなかったので、なんとなくずっと知っているような気分になっていた。

でも、想像するのと実際目にするのとでは違う。

病室の中の様子までは判らないが、患者は小さな女の子のようだ。慌ただしさは気配で廊下まで伝わってきて、点滴の下がったスタンドが看護師の手で出たり入ったりするのを、久我山は廊下の片隅から窺《うかが》っていた。

中馬が病室を出ると、今度はほかの患者たちが待ってましたとばかりに声をかける。話を聞いてもらうタイミングを計られていたような状況だ。小児病棟ではないが幼い患者の姿も見受けられ、子供を見守る家族は特に熱心に声をかけている。

当然だ。みな自分や家族の病状が気になってならないのだ。

中馬が快く応じるのも、引き留められやすい理由だろう。ハンサムな医師の甘い笑みや柔和な話ぶりは、弱った患者たちには心地のいいオアシスに違いない。

久我山は中馬に見つかるまいとしていたのもすっかり忘れて、見入るようにその姿を追った。

過ぎった通路では、今度は歩行器を押して歩く老人に話しかけられる。

「先生、いつも悪いねぇ。今度地元のカニでも送らせるわ。今からシーズンになるでの」

「はは、カニは遠慮しておきましょうかね。また自分で買ったと誤解されてもなんなので」

「え？　なんかあったのかい？」

老人の反応に緩く首を振る男の横顔が、窓からの夕日に照らしだされる。

「いや、礼にはおよびませんってことです。これは僕の仕事ですからね」

「仕事かね。仕事は大事やね、この年でもあると生活に張りが出る」

「そうそう、だから斉藤《さいとう》さんも退院してまた元気に働けるように、整形外科のリハビリも頑張ってくださいよ。逃げられてるって池野《いけの》先生がぼやいてましたよ？」

「リハビリねぇ、あっちは先生がおっかないからなぁ」

「じゃあ、優しくしてもらえるように僕からも言っときますから」

「そうかい？」

老人は軽口に満更でもなさそうに『ほっほっ』と笑いを響かせ、もたれた歩行器を動かし歩き出した。こちらへ向かってくる老人の姿に久我山は慌てて身を隠し、うまくやり過ごしたもののの、再び後を追おうとした瞬間、なにを思ったか中馬が振り返った。

老人の様子が気になったのかもしれない。

「……誉」

しっかりと目が合う。

「あ……」

一度見つかってしまえば逃れようのない状況だ。

「ちょ、ちょっと、会社の人がここに入院しててさ」

「そうか、お見舞い終わったの？」

「まあ……」

本当のことだけれど、偶然廊下をついて歩くような行動は不自然極まりない。

久我山は観念し、見ていたのを打ち明けるようにぽつりと漏らした。

「随分忙しそうだな」

「そうでもないよ。今日は診察の医師がほかにもいるから」

「けど……」

とても暇には見えない。これが中馬の日常ということか。だいたい暇な病院も仕事もそうそうないだろう。中馬は普段あまり仕事については語りたがらないとはいえ、そのくらい考えずとも判るだろうに。

中馬の仕事を見る目が変わる。

同時に、久我山は不用意なことを言ってしまったのを後悔する自分を感じた。

「君のほうはどう？」

「え？」

「もう桜島で仕事してるの？　今週から行くようなことを言ってたから」

「ああ……明日からなんだ。しばらく撮影の張り込みで泊まるから、その前に見舞いもすませとこうと思って」

ぎこちなく答える。窓の向こうの木々が風に揺れるせいで、夕日の木漏れ日を浴びる久我山も揺れているように覚束ない。伝えたい言葉を上手く見つけられないまま繰り出した言葉は、唐突に響いた。

「おまえって、やっぱ医者に向いてるんだな」

「え、どうしたの……急に」

「なんか、見てたら思ってさ。俺には無理だな。病気治すのもだけど、人を元気づけるとか、忙しくてもニコニコして親身になって話聞くとか、そういうの」

「話聞くぐらい、その気になったら誰でもできるさ」

「できるかよ。毎日毎日、弱った人間の相手なんて」

謙遜《けんそん》、もしくは当たり前すぎて、できないことが判らなくなっているだけだと思った。

専門的な医療知識もさることながら、医者が先生と敬われるのは、心と体という人が生きる上での基部をメンテナンスできる職業だからだ。ただ、中馬はそれを殊更主張することも、おごりたかぶることもしないだけで。

今も、偉ぶるでもない男は笑う。

「仕事だからできるんだよ。僕もそんなにできた人間じゃない。それに、患者さんも弱りっ放しじゃないしね。元気になってくれれば、こっちのやりがいにも繋《つな》がる」

患者に分け隔てなくそうするように、すっと優しく微笑《ほほえ》みかけてくる。

目にしたら苦しくなった。

「あんたは大人だよ。だから今だってそうやって笑うし、余裕だし、俺みたいに……」

自分らしくもない、どこか弱くなった声。なにが伝えたいのだろう。こないだは言い過ぎたとか、この街を離れたいなどと本当は思ってもいないとか。

言葉を探して口を開きかけた久我山を遮るように、廊下の向こうから声がかかる。

「中馬先生！」

再び捜しにきた看護師だ。白衣の女性に急かすように呼ばれた中馬は、気忙しそうに歩き出しながら一瞬だけ久我山のほうを振り返った。

「ごめん、じゃあまた後で」

『うん』と小さく頷き返したが、もう男の視線はこちらを向いてはいなかった。


「久我山さん、乗船始まりましたよ〜。久我山さん！」

二度呼ばれてはっとなった。

助手席の新留が指で示した先では、桜島へ向かうフェリーのランプウェイが下り、人も車も乗船が始まったところだ。久我山は撮影用に長期レンタルで借りたワゴン車の中にいた。運転席でハンドルを握り、フロントガラスを見据えながらも、一瞬意識がここではない場所に飛んでいた自分に気がつく。

「大丈夫ですか？」

『しっかりしてくださいよ』とばかりに、新留にも言われてしまった。

桜島の撮影初日だ。これから島に向かうというのに、肝心のリーダーがぼんやりしていては先行き不安と思われても仕方ない。

「大丈夫だ。では、行きましょうか」

後方の席の男たちに声をかける。駅で拾った三人は、午前中のうちに東京から鹿児島に到着した本社制作部門のカメラマンを中心としたスタッフだ。

港のフェリーターミナルまでの短い移動の合間に、挨拶《あいさつ》はすませた。久我山は元々知った面々で、やりやすいかといえばそうでもない。なにしろ大自然相手の撮影で、完璧なお膳立てができているとは言い難い。いつもはマイペースな新留が、不安そうにしているのもそのせいだろう。

一路、桜島へ。港近くのホテルに寄る予定だったが、チェックインにはまだ早いため、先に島を回ることにした。

「この先に一箇所撮影ポイントがあるんですよ」

久我山は地図を後ろにも見せるよう、助手席の新留に渡す。

「えっ、撮影ポイントって……」

東西南北、ほぼぐるっと一周網羅するようにつけた赤い印。休日を潰して確保した候補地は、一般的に知られている場所ではなく、久我山が島を隅々まで回り地元民に尋ねまくって教えてもらった穴場だった。

穴場と言っても、撮影以外では無価値な荒地だ。手つかずで噴石や灰が降るままに放置された道や広場が、久我山の求めた場所だった。しかも、降灰はどの方向に来るかわからず、一ヶ所では心もとない。

「地図の印だけ見ると、結構ある感じでしょう？　でも実際、僕のオススメは二ヶ所なんで、うまくそこに降ってくれるといいんですけど」

「久我山さん、いつの間に……」

誰より反応したのは、これまでの事情を知る新留だ。

正直、容易《たやす》くはなかった。休日は潰れ、愛車は灰まみれ。恋人とは仲違いし、フロントガラスには傷がついた。後者二つは自分のせいかもしれないけれど。

なんにせよ、いい絵さえ撮れれば報われる。島民しか利用しないと思われる山沿いの道に走らせた車を路肩に停める。桜島の特産、小みかん畑の傍に目的の荒地はある。

「廃業した農家の畑です。持ち主の許可はもらってますから」

元が畑であったとは言われなければわからないような見事な荒地だ。

「狭いなぁ。緑を入れないとなると、これじゃアングルが限られる」

ワゴン車から降り立つなり不満を零したのは、カメラマンではなく同行の貴田《きだ》だ。

本社ではCDとしてチームを引っ張っている男で、久我山からすると言わば先輩に当たる。今回のような特例でもなければバックアップに収まる立場でもなく、本社にいた頃は一足飛びにCDに成り上がった久我山を快く思っていない節もあった。

まぁ、本社の大半の人間の本音はそうだろうが。

遠慮のない男は、ここぞとばかりに突いて来る。

「こんなにデカい山あるんだし、登ってしまえば手っ取り早いだろ。あの辺なんか、月面みたいで最高じゃないか。なんでまたこんな辺鄙《へんぴ》な……」

「火山弾に当たっても知りませんよ。でっかい岩石」

気が利かないと言いたげな貴田に、さっくりと釘を刺したのは新留だった。

久我山は目を瞠《みは》らせる。

「新留さん……」

「入山規制がかかってるのはそこが危険だからです。来る途中、バス停や民家の庭先に小さなトンネルみたいなのがあったでしょう？　あれは避難壕ですよ。火山弾や噴石が飛んできたときに逃げ込むシェルターなんです」

真剣な彼女の面持ちに、話を聞く面々は沈黙した。

大自然の驚異に恐れを抱いたのかと思いきや、しばしののち、ぼそりとした声で口々に返す。

「……あの、犬小屋になってたやつ？」

「野菜置場かと思ってたけど」

島民でも火山弾なんて実際は見たこともない者が多数だ。本来の用途を忘れさられたように、庭先で物置代わりと化している避難壕は数知れず。

「と、とにかく危ないから撮れる場所は限られるんです！」

久我山は彼女の背をぽんと叩いた。

「まぁそういうわけですから、ご協力よろしくお願いしますよ」

なんとか理解を得たものの、前途洋々とはいかない。いくら場所やアングルを計算し尽くしたところで、空から降るものがなければただの灰色の空き地だ。

島内を巡りつつ、日暮れまで噴火を待ったが山は沈黙したままだった。ドンともスンとも言わない。来客に人見知りを発動するような繊細な山とは到底思えないが、澄まし顔はまるで普通の山脈。

——桜島め。

運転席から覗くフロントガラス越しの山を、久我山は忌々《いまいま》しげに仰ぐしかなかった。

そして島の夜は早い。

鹿児島の中心部から僅《わず》か船で十五分の距離といえど、離島は離島だ。火山島らしく温泉施設もあるが、目ぼしい繁華街があるわけでもなく、日帰り観光客も去った夜はひっそりと更けていく。

深夜、対岸に並ぶ街明かりも星明かりも美しかった。なのに少しも心躍らないのは、やはり一緒に見る相手がいないからか。

今日が終わり明日を迎えようという時刻、ベッドに入るには頭が妙に冴えすぎている気がして、久我山はふらふらとホテルの庭に出た。一人静かに夜風にでも吹かれて、休まらない頭を緩めようと思ったのだが、外には先客がいた。

「ヒロくんだって、仕事で連絡できないときぐらいあるじゃない～」

ベンチに背を向けて座っているのは、どうやら新留だ。ルームウエアのような恰好で、無造作に髪を左寄りに一纏めにした彼女は風呂上がりか、響いてきた声に痴話ゲンカかとドキリとなる。しかし、次の瞬間には脱力した。

「ないない、浮気なんて絶対ないからぁ～だいたいヒロくんみたいなカッコイイ人、いないもの～」

桜島まで来て、なんだって人の惚気《のろけ》を聞かされなきゃならないのか。しかも軽く失礼だ。あの中年オヤジ相手に同行の男共を全否定。その一行に自分も入っていることに、久我山の敏感すぎる自尊心は刺激されそうになったが、『恋は盲目』と念仏のように頭に唱えてその場を離れる。心穏やかに無心になるには、どうにも適さない場所だ。

ちょっと足を伸ばしてそのまま海岸べりを歩き、溶岩原の遊歩道に出た。全長数キロもある遊歩道は気晴らしに歩くにはもってこいだが、今はそんな時間でもないし、どこまで街灯も続いているか判らないしで、少し行っただけで足を止めた。ちょうど海を望むように木製の手摺《てす》りが続いている。

手前にベンチもあったけれど、座る気になれずにそのまま手摺りにもたれる。夜の海風は穏やかだが、少し冷えている。久我山の髪を長い冷たい指で掻《か》き撫でるかのように吹き抜けた。

「……くっそ、新留め」

昼間、撮影の説得に一役……いや、半役くらい買ったことなど、もうナシだ。惚気からは逃がれたものの、楽しそうに喋る彼女の声が頭に残り続けている。

自分はあんなふうに中馬と電話で話をしたことはない。隣近所であるのを差っ引いても、メールのやり取りも素っ気ないし、会ったところでいかにも恋人らしいのはベッドの上ぐらい。

理由は判ってる。

久我山は暗く沈んだ海に吐きつけた。

「俺のせいなんだよな、全部」

全部、全部、全部——

久我山はしがみつくように手摺りに上体を預けたまま、ごそごそと左手でパンツのポケットを探る。判ってはいたけれど、取り出した携帯電話に着信はない。

中馬とは昨日病院で別れたきりだ。

後悔しているなら、今からやり直す努力をすればいい。『あの日はごめんね』なんて言って。

「……そんで『誰だよおまえ、もう興味ないし』って突っぱねられたら、『あ、そーですか。本気にすんなよバーカバーカ！』っつって電話切りゃいいじゃん。簡単、簡単」

こんな暗い海辺で独りぼっちでも、とりあえず虚勢を張ってみる。

口で言うのは簡単だけれど、実際に行動するのは難しい。自身を茶化しつつ、励ますように海に向かって独り言を並べてみても、結局携帯電話を握り締めた手は動かすことのできないまま。久我山は、ついにはハアと溜め息《たいき》をつく。

天文館《てんもんかん》のバーでは泰希《たいき》にあんなふうに啖呵《たんか》を切ったけれど、充分自分の世界も小さい。中馬に惚《ほ》れてしまってからは、ますますミクロみたいなところで手足をバタバタさせている。

小さくて、臆病で。本当は自分のことをあまり好きではないかもしれないと思う。『誉』なんて名前でも。その名のとおりに誰かが褒めてくれても、『もっともっと称えてくれよ』といつでも望むのは、消えないコンプレックスでも抱えているからだろう。

ふとした拍子に、隙間風《すきま》のようにその考えは心に忍び込む。否定できないほど弱く小さくなった心につけ入るように。

「……くそ」

水平線に街明かりを光のビーズのように繋いだ夜の錦江湾《きんこうわん》。美しい縁取りとは対照的になにもかも飲み込んでしまいそうな真っ黒な海に、格好悪いぼやきは沈める。錘《おもり》でも括《くく》りつけたみたいに、深く深く、海の底に沈ませる。カルデラにできた海と言っても浅くはなく、水深は百メートル以上あるはずだから充分——

干されたシーツや布団にでもなったみたいに、久我山がその身を手摺りの向こうに乗り出し気味に突っ伏していると、背後で声が響いた。

「さっさとメールなり電話なりしてくれないかな。待ち過ぎて季節外れの虫に刺されてしまいそうなんだけど」

これ以上ないほどビクッとなって振り返った。

「は……？」

数メートルほど離れた位置に立ち、自分を見つめる背の高い男の姿にようやく気づいた。

久我山は驚きとは裏腹に間抜けな声を出す。

「はぁっ？」

二度目の声は、一度目よりも呆気《あっけ》に取られた響きだ。

待ち侘《わ》びていたと言わんばかりに携帯電話を掲げ見せた中馬は、苦笑し言った。

「感動のご対面にその反応？」

どうやら、夢、まぼろし、ドッペルゲンガーの類《たぐい》ではなさそうだけれど、ここにいるはずもない男の登場に久我山は思考もまとまらないまま口を動かす。どこから突っ込んでいいかわからず、しどろもどろになった。

「なっ、なんで……もっ、もう十二時っ！」

「フェリーは二十四時間営業だからね。零時を回ろうと会いたいときに恋人に会える。こんな渡船、ほかにはないよ。やっぱりいいところだと思わないか、鹿児島は」

歩み寄って来る男に、身構えつつ問い質《ただ》した。

「なんでここっ、ここにいるって？」

「愛の為《な》せる業《わざ》っていうの？」

「ふざけるなよ、俺は真面目にっ……」

「ホテルの目ぼしはついてたから、とりあえず行ってみようと思ったんだけど、着いたらちょうどロビーを過ぎる君の姿が見えた」

　つまり最初から。ホテルを出て、庭の新留の傍を過ぎり、一人淋しく遊歩道を歩き始めたときからずっと。

　妙に明るい口調と言い、すべてを聞いていたからに違いない。

　夜の海に沈めるはずだったぼやきも、すべて——

「あ、後つけるなんて、悪趣味なことする暇あったら、メールの一つでも入れればいいだろう」

「君からもらって浮かれたかったんだよ」

　臆面もなく言ってから、中馬はホッと安堵《あんど》のような、軽い溜め息のような息で夜の密《ひそ》やかな空気を震わせた。

「ごめん、昨日は自分から電話しようと思ってたんだけどね。でも、当直だったんだ。昨日に限って、普段は回って来ないような遠方の救急まで回ってきて、専門外も入るしで、もうてんてこ舞いでさ。パニックだよ。今日はそのまま通常勤務で、夕方には帰れると思ってたんだけど、一人容体の変わった入院患者さんがいて遅くなってしまった。本当にごめん」

あまり顔色がよくは見えないのは、街灯の明かりの加減のせいではないだろう。

謝る必要なんてない。病気に待ったは利かない。中馬の仕事に対して無理解だったのは自分のほうだ。

「仕事……忙しかったんだな」

「おかげでこんな時間だよ。フェリーさまさまだね。でも明日は代わりに病院は休みだから……」

どこかおどけた調子で中馬は添えるも、久我山は忘れられなかった。医者を気楽そうだと言ってしまったこと。一度口から放ってしまった言葉は、簡単には取り消せやしない。広告コピーのたった数文字だって大切に扱うのに。

「……謝んなよ」

どうにか紡ぎ出した自分の声は、少し掠《かす》れているように感じた。

「誉?」

「おまえは、俺に詫《わ》びるようなことなに一つしてないだろ。謝るなら……俺のほうだ。仕事が上手くいかないからって、八つ当たりみたいにおまえにひどいこと言ってさ」

カルデラの海に深く深く。沈めようとして失敗した言葉を、錘ごと引っ張り上げる。

『あの日はごめんね』

それだけを言うのに苦戦する久我山に、中馬は緩く首を振った。

「詫びることならあるよ。僕ももっと君に仕事の話をすればよかった」

「え……」

「あまり病院のことは話してなかっただろう？　だから、君に伝わるはずもないなと思ってさ。仕事の愚痴なんて、格好悪いって気持ちがどこかにあったんだろうね。こう見えて、見栄っ張りなんだよ、俺は」

中馬は普段自分のことを『俺』とは言わない。けれど、ふとした拍子に出るのに久我山は気がついていた。

きっと、いつもよりストレートに本音が覗いた瞬間なのだろう。

「家だって見栄張って一人で建てて、一人で住んで、ご近所さんに覗かれても構わないように庭まで整えてるしね。考えたら見栄っ張りの極みだな。まぁ、なんだかんだで庭は趣味になってるんだけど」

中馬の本音が覗ける分、久我山も素直になれる気がした。

「名前もそうなのか？」

「名前？」

「いや、中馬って……おまえの名字じゃないんだろ？」

引っかかっていた。『中馬』は別れた奥さんの実家の病院名であり、婿養子だったのではないかと。

なんとなく訊《き》きそびれていた疑問を口にする。言いづらそうにするとばかり思っていた男は、逆に『ははっ』と笑い始めた。

「なっ、なんで笑うんだよ！」

「離婚届覗いたくせに。中馬は俺の本名でもあるんだよ。ていうか、彼女はチュウマじゃなくて中馬と書いてチュウマン。こっちではポピュラーな姓でね。大学で同じクラスになったとき、名字から同郷だと勘違いした彼女が話しかけてきたのが知り合うきっかけだったんだ」

同じ名字――

「そ……そうなんだ」

「ずっと気にしてくれてた？　本当の名前はなんだろうって？　未だに彼女の姓を名乗ってるのは、やっぱり未練が……とか？」

「バカ、そこまで言ってない！　変だなってちょっと思ってただけだ。つか、離婚届の書き方なんて知るわけないだろ、出したことねぇし！」

反論も声高になる。心外だとばかりに言い切ってから、すっと真剣な表情に落ち着いた中馬の顔に気がついた。

「そうだね。一生出す予定なくていいよ、あんなもの。できれば君は婚姻届の出し方も知らないままでいい」

「……なにそれ」

意味が判らなかった。皮肉かとも思ったけれど、それにしては表情は変わらないままだ。瞬く星を頭上に、真っ直ぐな眼差しで中馬は自分を見つめ返している。

「男同士は、いつまで付き合っても結婚はできないでしょ。だから、婚姻届なんて必要ない」

中馬の目にもまた、真っ直ぐに仰ぎ返す自分が映っているだろう。星の代わりに、海の向こうの街明かりでも背にして。

久我山の頭は軽く混乱した。

いつまでも付き合うつもりはなかったのではないか。自分が鹿児島を去って遠距離になれば、自然消滅の可能性もあると平然と言ってのけたくせして、訳が判らない。

中馬が応える。

「医者ってべつに鹿児島じゃなきゃできないわけじゃないいんだよね」

緩やかに流れる風が、久我山を背後から撫でて行き、それから見つめる男の髪を微《かす》かに揺らす。言葉は風に持って行かれることもなく、二人の間でたしかなものとなって響いた。

「俺は勤務医だし、君を追うのが絶対に不可能なわけじゃない。まぁ、すぐにというわけにはいかないだろうけど。行く先の心配より、こっちの病院がさ……どこも人手不足で、うちも医者は慢性的に足りてないから」

中馬はすっと微笑み、それから伏せ目がちになった。

「って言うのを、早く伝えなくて誤解させたのは、自分にも責任あるなって反省したよ。一人で路面電車乗って、船に乗ってさ、桜島見えてきて……この先に君がいるはずだけど会えるか判らないって、もどかしく感じ始めたら堪らなくなった」

「史嗣《ふみつぐ》……」

「イエスって言ってしまえばよかったんだろうね、きっと。君が東京へ戻るかもしれない話をしたときに、遠距離でも俺は大丈夫だって。君を想い続けていられるって。でも無責任な肯定はしたくなくてさ」

「……そりゃあ、そうだろ。おまえ、自信ないって言ってたし……」

「本気だから」

「え……」

「本気で君を好きになったから、適当なことは言えなくなったんだよ」

言葉に呆然となる。

自分は本当の意味で誰かに好かれたことなど、今までなかったのかもしれない。

こんな風に真っ直ぐに想いをぶつけられたことなど、たぶんなかったから。

中馬はふと隣へ並び立つと、手摺りを背に海原と変わらぬ暗さの平地を見つめた。

「ここ、溶岩原の遊歩道だろう？」

「え……ああ」

今は闇に沈んだ、若いクロマツの森。

「前に来たことがある。桜島に越して来てすぐの頃に……百年かけてここまでの緑を取り戻したんだって聞いて、興味深く思ったよ。焼けた岩が緑に変わるくらいなんだから、大抵のことは時間をかければなんとかなるもんだ。君と俺の問題もね」

こちらに向きなおった中馬は、ふわりと風でも抱くように両手を広げ、久我山は一瞬意味が判らなくて目を瞬かせた。

「な、なに？」

「今、ちょっと感動的なこと言っただろ、抱きついて泣いてくれてもいいよ？」

ほっとして浮かべたかのような甘い微笑み。

「じょ、冗談。誰がそんな安っぽいこと」

「可愛げないな、こんなときまで相変わらず……」

言って、男は目を瞠らせる。

やらないと突っぱねたくせして、中馬があっさりと両手を下ろしかければ、久我山は逃すまいとでもするようにその首筋に飛びついた。

「……君は天邪鬼《あまのじゃく》だな。毒舌かつ天邪鬼、かなりの重症だ」

「でも、好きなんだろ？　俺だってな……」

やっぱり、うっかり感動させられてしまったのかもしれない。

そのまま身を伸ばす。大して伸び上らなくとも、長身の男同士だから顔を上げれば互いの唇がくっつくのはすぐだ。

久我山は求めるままに目を閉じかけ、温もりを唇で感じようとした瞬間、体の奥深くへ響く地鳴りのような音がした。

続いてドンと深く地を揺るがす爆音。くっつきかけた二人の唇ははっとなって離れる。

「……か、雷？」

山影の向こうで閃光《せんこう》が走ったように見えた。

「祝砲かな」

「ばっ、バカ、噴火だろ、今日……いや、昨日からの初めての噴火！　たぶん昭和火口だ」

もう日付は変わっている。昼日中待ち続けても無反応だった山は、またしても裏切るかのようなタイミングでの噴火だ。夜間の撮影は予定外だし、もう寝ている者だっているだろう。これから準備して、車を出して、間に合わないに決まっている。時間の無駄だ。

断念しようと頭を駆け巡る言い訳。昭和火口は島のほぼ反対側に位置し、肉眼でマグマは確認できない。しかし、高々と上がる噴煙が夜空の星を瞬く間に掻き消していく様子が目に映り、『なにやってんだ、自分』と思った。

「行く！」

上げた声に、中馬は笑んだ。

「ああ、気をつけて」

走り出しながら、もう一度振り返る。中馬は足を止めたまま自分を見つめていて、見送るその姿を目にしたら、久我山は走って戻らずにはいられなくなった。

「誉？」

戸惑う男に、ポケットから取り出したものを押しつける。

「史嗣、待ってろ。行ってくる！」


勢い走ってホテルに向かうと、庭先に新留の姿がまだあった。

「久我山さん！」

噴火におろおろしていたらしい。ひっそりと静かだったはずの庭には、気づいて様子を確認しようと出てくる客の姿もあり、その中には本社のカメラマンの男の姿もあった。まだ起きていたらしい。

「ああ、久我山さん、残念こっからじゃ見えそうにないなぁ」

「行きましょう！」

「え」

「噴火は立て続けに起こる可能性ありますから！　車のキー取りに行くついでに、貴田さんらを起こしてきます」

　ほとんど足を止めず、駆け抜けるようにロビーに飛び込んで行く久我山に、驚きつつ見送りかけた男ははっとなったように叫ぶ。

「あっ、待ってて、じゃあ俺はカメラっ！」

　なにはさて置いても必要なカメラを忘れて出陣するところだ。

　残り二人は部屋ですっかり寛いでいたようだが、久我山の猛烈な勢いが有無を言わせず、不平不満を言う隙もなくワゴン車に全員が乗り込んだ。

　島内にいくつかある展望台の一つ、昭和火口を望むスポットへと車を走らせた。

　展望台にはアマチュアカメラマンの先客たちもいた。負けじと機材を取り出し構える間にも、予兆とも言うべき地鳴りが響いた。

　山肌が赤い。夜空は先ほどの噴火で漆黒の墨汁を垂らしたように黒い噴煙の花が開いており、地を、空気を、身の内までをも駆け抜ける爆発の振動に誰もが息を飲んだ。

　深夜零時四十三分。二度目の噴火だ。噴石が火口から噴き出し飛散する。暗がりでも……いや、夜の闇だからこそ判る真っ赤に焼けた石の砲弾。四方八方に吹き飛ぶさまは肉眼でもはっきりと確認できたが、望遠レンズを嵌めたカメラではその迫力は比ではないに違いない。

　カメラマンの男が呻《うめ》くような声を上げる。

「うわぁ、これはやばい」

断続的に轟《とどろ》く爆発音。雷鳴。火口上空には天と地を繋ぐ光が現われ、噴煙の深部まで発光させた。

「火山雷だ!」

「光ってる、光ってる!」

「久我山さん、噴煙こっち来ますよ! 風向きやばいです、風向き!」

美しい。恐ろしい。様々な感情を喚起する。

山は生きている。地球が生きている。

ここだけだ。地球の鼓動をこれほどに荒々しくも力強い営みで日々見せつけ、証明してくれる場所は。日本中探してもそうそう有りはしない。

そして、それを証明するのが久我山らに与えられた仕事だった。


ホテルに戻る頃には夜明けの遅くなった空は、色が抜けかけていた。藍《あい》色に変わり始めた東の空を背に、欠伸《あくび》をかみ殺しながらホテルに戻った一行は疲労感いっぱいで、でもそれ以上の充実感があった。

「みなさん、おやすみなさい。それじゃあまた後で」

ただ一人フロアの違う新留は先にエレベーターを降り、ほかの者もくたびれた挨拶を口にして、それぞれの部屋に帰っていく。久我山がもたもたしたのは、パンツのポケットを探る振りをしていても、本当は鍵など持っていないからだ。

カードキーは中馬に渡してしまった。遠慮がちにノックをすると、部屋で眠っているとばかり思っていた中馬が、ほとんど間を置かずに出迎えて驚いた。

「おかえり」

服装も別れたときそのままだ。

そっと招き入れるように開かれたドアを潜りながら、久我山は問う。

「史嗣……おまえ、寝てなかったのか？」

「うとうとはしたよ。でも気になってね。それに、帰ってきたら俺が高いびきの我が物顔でベッド占領してても驚くんじゃないの？」

「それは……そうかもだけど、こんなに遅くなるとは思ってなかったし、なんかごめん」

素直に詫びると、中馬は緩く笑む。

「それで、どうだった？」

「あ、ああ、すごかったよ。火山雷が撮れた。続けて噴火したもんだから、カメラマンもみんな興奮してやる気になってくれてさ！　つい朝まで粘っちゃったよ」

「よかったね。実は、いい絵撮れたんだろうなって一目で判ったけど」

長い指が掬《すく》い取るように久我山の前髪に触れる。埃っぽい灰色に変わった髪は、降灰に降られた証しだ。

「あ……ホテル帰る前に払ったつもりだったんだけど。やば、フロントの人に見られたかも……とりあえずシャワー浴びる」

久我山はそのまま傍らのバスルームに向かった。『家に帰って洗濯しかないな』なんて、手前の洗面室で灰の粒子が舞わないよう気を遣いながら服を脱いでいると、閉めたばかりの扉がカチャリと軽く開いてドキリとなる。

「一緒に入ってもいい？」

「……い、いいけど、そんなに広くないぞ」

とはいえ、ビジネスホテルのない島でリゾートを謳《うた》っているだけあってユニットバスではない。洗い場のあるバスルームは、奥には窓もついていて、星明かりを眺めながら湯に浸かれるようになっている。

やや居心地の悪さを覚えつつ裸になると、隣でほとんど同時に脱ぎ終えた男と中に入った。

「誉、洗ってあげるよ」

「えっ……」

「髪、すごい灰だらけだから」

言葉の裏を疑いつつも、実際シャワーを浴びれば湯が色を変えるほど、久我山の頭は灰まみれだった。レインコートやらゴーグルやら、あんなに重装備で構えていたときには降らなかったくせして、やっぱり桜島に嫌がらせでタイミングを外されているとしか思えない。

なんの嫌がらせだ、やっぱりあの朝の――

「そこ、座って」

空のバスタブの縁に腰かけるよう促された。大人しく従う久我山の頭を、中馬は本当に洗い始めた。美容師にもなれるんじゃないかと思うほど心地いい手の動きで、サイドから天辺《てっぺん》へ、後頭部へと。長い指が髪を梳《す》く。

噴火で高揚しすぎた気持ちも一緒に洗い流されていくようだ。

「流すから、目閉じて」

「ん」

ひとしきり洗い終えるとそう言われ、目を瞑《つむ》った。目蓋《まぶた》の向こうで動く人影と、温かな湯の鳴る音。子供の頃、シャンプーハットを天使の輪っかみたいに被って母親に頭を洗ってもらったのをふと思い出す。

ハットはないから、浴びせられた湯は俯き加減にした顔にも滝のように流れた。耳に入らぬよう、中馬が気遣っているのが動きで判る。

ぬるりとしたシャンプーの泡が、湯に乗って襟足《えりあし》から首、背中へと滑り落ち、背骨に沿った窪地《くぼち》を腰まで辿ると、肌がぞくんとざわめいた。

「まだだよ」

目を開けようとしたところ中馬が制止し、久我山は目蓋の向こうの影を追う。

鼓動がトクトクと鳴り、不意に湯ではなく柔らかいものが唇を押し潰した。

よく知る感触だ。知っているけれど、このところ少しだけ縁遠くなってしまっていたもの。

キス——久我山はちょっとびくりとなり、目を開きそうになりつつも、拒まずにそのまま口づけを受け止めた。

予感していたのかもしれない。

こうなるのを、望んでもいた。

「……ん……ぁっ」

どちらからともなく口を開く。すぐに厚ぼったい舌が、ぬるりと久我山を蹂躙《じゅうりん》するように入り込んできた。中馬の舌は、その穏やかさからは想像できないほど熱く感じられる。自分の体温が低すぎるのか。口の中を舐《な》められると、アイスみたいにゆるゆるに溶け出す錯覚を覚える。

じゅっとからめた舌ごと唾液《だえき》を啜《すす》る音が響けば、自分のなにかが持って行かれるかのようだ。

「……ぁっ……はぁ…っ……」

気がつけばとろんとした眼差しで、久我山は唇の離れた男を見ていた。

「……体も洗う?」

問われて、顔が熱い。

「……うん、あらっ…て」

バスルームに籠《こ》もった熱のせいだけでは説明がつかないほど、頬や耳まで上気する。ソープボトルをプッシュし、中馬が手のひらに白い液体を吐き出させるのにじっと見入った。

「なんかエロい顔して見てる」

「え、えろっ……て……」

ぬるぬると撫でて擦って、触れる手のひらが久我山の体の上で泡を立てる。昔は自分を感じやすいと思ったことはなかったけれど、中馬に体のあちこちを弄《いじ》られるようになってから、今までくすぐったいだけだった場所がひどくビクビクするようになった。

今も。腕の内側や、脇や、その下のほうが。

「……あっ、ぁ……」

「もう勃《た》ってる……」

「う…そっ、まだ…っ……」

「乳首のことだよ？　ほかの場所も勃っちゃいそう？」

男の笑みが息遣いとなって右のこめかみの辺りを撫で、それだけでまた微弱な震えが走った。

「あっ……」

浮かぶ泡を運ぶように両手は這《は》い上る。小さくしこった胸の粒を指の腹で洗われ、腰が震える。大人しくしていたのは一瞬前までで、中心のものはもうしっかりと勃っている。

シャワーを浴び始めた理由を忘れてしまうほど意識を奪われるのに、時間はかからなかった。

両脇に手を入れられたかと思うと、ぐいっと身を起こして壁に背を押しつけられる。ぬるんとほとんど吸い込まれるみたいに、男の手指は股《また》の間に滑り込んだ。性器の根元から袋、それから奥の狭間まで、泡を纏って行き交う。

あちこちに散らばる、じんとした疼《うず》き。腹を打ちそうになりながら揺れ始めた性器が切ない。

「なぁ、も…ぉ……」

濡《ぬ》れた手でいつの間にか摑《つか》んだ男の両の二の腕を、久我山は揺すって訴える。

「……前も洗ってほしい？」

コクコクと頷いて、勃起《ぼっき》した性器への刺激を求めた。中馬の手はそれ以上もったいつけることなく包んできて、長い指が纏わるように皮膚を滑らかに張らせた茎へと絡みつく。それだけで腰が揺らいだ。

「……や」

少しずつ迫《せ》り上がる衝動は、どこかにあったらしい境界線を越えた途端に一気に溢れた。

腰が揺れる。あからさまに射精に至る動きでがくがくとなった。

「あっ……いくっ、イ…クっ……」

微かな声を発しながら、久我山は中馬の手にあっけなく達した。

チカチカと光が舞う。天井の淡いオレンジ色の照明が、割れて降り注いできたみたいに。

『はぁ、はぁ』と走り終えた後のように大きくなった息がうるさい。

少しの間全身で息をして、それから膝の力でも抜けたように、その場にへたり込んだ。

「誉……大丈夫かっ……」

気分が悪くなったわけじゃない。

むしろ逆だった。

「……誉？」

「俺も、するから」

欲望を解いても、高揚したままの気持ち。想いに突き動かされるままに、久我山はそっと男のものに手を伸ばした。

「……さしく」

中馬の性器もすでに半勃ち以上に形を変えていて、触れると手の中で震えて急に愛しさが募る。

「……え？」

「おまえには、あんまり優しくしたことないなと思って」

目蓋を伏せて唇を寄せようとすると、くすりとした笑いが降ってきた。

「君はそんなにいつも誰かに優しくするの？」

むっと答える。

「……しねぇけどさ。嫌なら、おまえにもしない」

「ごめん、嘘だよ。君は結構優しいところもある。ただ、それを上回る勢いで口が悪いだけで」

「……それ、フォローになってる?」

「なってない……かな。ごめん、今ちょっとあんまり頭回ってないから」

「眠いのか?」

「違うよ。君が今言ったんだろ、優しくしてあげるって……そういう、方法で。嬉《うれ》しくて思考も止まるよ」

だったら、余計な横槍なんて入れなければいいのにと思うけれど、そろそろとした手つきで顎《あご》や唇を撫でられたらなにも言えなくなった。

「もう……濡れてるけど、いい?」

触れる男の指先に解けた唇に、滑らかな先端が押し当てられる。中馬の言うとおり、湯とは違う感触でそれは先端が潤んでいた。

ちろりと伸ばした舌で、猫のように舐める。口でするのは初めてだ。久我山はいつもまな板ならぬベッドの上のマグロ状態で、導かれて手で扱くことはあっても、そこまで積極的になれなかった。

——くそ……デカい。

大きさのせいにしつつたどたどしい動きでいると、足元に蹲《うずくま》る久我山の濡れた髪に触れながら、中馬がシャワーの音もなくなった浴室にふわりと響く声で告げた。

「……俺がしてたようにして」

「んっ……あ？」

「覚えてる？　どこが気持ちよかったか……どんなふうにしたら、君はすごく感じたか」

言うとおりにするのは、なんだか悔しい。けれど、後に引けないのも、優しくしたいのも本当だ。

ちゅっちゅっと音を立てて先っぽを舐めた。それから、括れを中心に弄って、裏っ側のところ——記憶を辿るのは難しくない。けれど、ふと『これって、自分の気持ちいいとこを教えているようなものでは』と気になり始めてからは、触れられてもいない自身までもぞもぞし始めた。

考えがグルグルして、頭の中を掻き混ぜるほどに熱くなって、朦朧《もうろう》とするままに口を大きく開ける。後頭部に宛《あて》がわれた手が、待ちきれなくなったように久我山の頭をゆるりと押して急かし、くぐもる声にならない声を上げて男の欲求を口腔《こうこう》深くへ迎え入れた。

「……んんっ、ん……」

繰り返される律動。

射精を受け止めた久我山のほうが放心したようになって、その場にへたり込み続けた。

「……口、開けて」

唇に、しゃがみ込んできた中馬の唇が重なる。放たれたものを勢い飲んでしまった口の中へ、するりと舌が伸ばされてちょっとびっくりした。

残滓《ざんし》を拭《ぬぐ》い取るように舌が動いて、後始末でもされてるような気恥ずかしさと、どこかほっとした気持ちが溢れる。

「こういうの……嫌じゃないのかよ。平気なの？　味とか……」

「美味くはないけど、興奮する。君が……たった今、この口で俺のをしゃぶったんだと思うとね」

「……へ……んたい」

「男は征服したい生き物だからさ。もっと……征服してもいい？　君がどこに行こうが俺のだって証し……」

『欲しい』と言われて、首を横に振ったり茶化す余裕はない。一度達したのに、また興奮してる。こんなにすぐサカるなんて、中馬といると、とにかくセックスしたくて堪らなかった十代にでも戻ったようだ。

あの頃はまるでひどい掻痒《そうよう》感にでも襲われているみたいに女の子としたくて、でもやっぱり自意識も捨てきれないしで、格好つけて思うように欲望は晴らせなくてもどかしかった気がする。

でも今は違う。同じ欲望が募るのでも、対象は限定的だ。自分が女よりも野郎である男の体に欲情する日が来るなんて。

濡れた体をタオルで拭くのももどかしく、あちこちに水滴を残したまま、二人して部屋に向かった。

「いい年して、恥ずかしげもなく証しが欲しいなんてね」

照れ臭そうな声は背後から響く。もつれるように倒れ込んだベッドで、うつ伏せに尻を掲げる体勢を取らされ、バスルームの熱から解放された体が再び羞恥に体温を上げる。

「……なんっ…で、それ……」

「カバー、汚すとまずいし……ね?」

腰の下に入れられたバスタオルに違和感を覚えた。確かにベッドはメイキングされたまま。シンプルな白い布団カバーの上には、落ち着いた色合いのブラウンのライナーまでかけられている。

余裕なく丸めて突っ込まれた真っ白なタオルが、中心に触れて腰が引けた。

「……擦れるの、気になる?」

「んっ、あ……」

もじりと尻を浮かせてしまう。

「タオルが気持ちいいなんて、新発見だな」

「ばっ、ばか……あっ、動か…さっ……」

上擦る抗議の声。わざと強く触れるよう両手で摑んだ腰を揺り動かされ、腹に向けて擡《もた》げた性器の頭が、敏感な裏っ側を中心に擦れる。

「……あっ、あっ……やっ……」

羞恥に身を竦ませても、じわりと広がる快楽に力が抜ける。

「すごい眺め」

「あ……」

ぴちゃっとそこに湿った感触を覚えた。きゅっとまた身を竦めて、噤《つぐ》ませた場所。躊躇《ためら》いもなく中馬の唇は重なり、伸ばされた舌は入口を解き始める。

濃厚な口づけ。唇に施すときと変わらない。それよりももっと淫《みだ》らかもしれなかった。解ける傍から指でも左右に綻《ほころ》ばせ、薄赤く覗いた淵《ふち》をちゅくちゅくと卑猥《ひわい》な音を鳴らしながら舌は出入りする。

「……ぁっ、ひ…ぁう……」

触れられてもいない前がヒクつく。とろりと粘度の上がった先走りが、先端の小さな穴からバスタオルへ溢れ落ちるのを、久我山は目にした。

熱い。白いカバーに押しつけた頰も、パイル生地に擦れる屹立《きつりつ》も。

それから——雄々しい切っ先を押し当てられたところも。

「……ん…んっ」

舌や指で解してから、中馬は自身の昂《たか》ぶりを宛がってきた。浮いた滑りを広げるように剝《む》き出しの狭間に行き交わせ、綻ぶことを教え込んだ場所に圧力をかける。

「ひ…ぁっ……あぁ…っ……」

ぐっと口を開かされた瞬間、久我山はもう何度もそうしているのに、意識が飛ぶかと思った。前にのめってもそれ以上の力で熱が追いかけてくる。ぐっ、ぐっ、と何度でも挑むようにぶつかって自分の中へ。セックスは波にも似ている。寄せては返し、律動に合わせて体が侵食されていく。

脆《もろ》い砂地のように、それまでの自分を保っていられなくなる。

「……あっ、あっ……」

抽挿に合わせて、俯せた身は何度も前後に揺れた。全身の力が抜けていくにつれ、繋がれた尻だけが浮いて、緩やかな突き上げにもカバーに着いた両膝ががくがくとなる。

ずちゅっと擦れる度に目蓋の縁まで濡れて、浮き上がる雫《しずく》はやがて零れて頬を伝った。

「あぁ…っ…や…あっ……」

一息に引き抜かれて、衝撃に泣きじゃくる声を上げた。

「ごめん、やっぱ……顔も見てしていい？」

「あっ……」

「久しぶりだし、君の顔が見たい」

あっさり仰向けに転がされた体は、快楽に従順に中馬を受け入れる。

「……はぁっ……うぅ」

「あ、いい……気持ちいいっ、上手だな……誉」

「……ども…っ……あ」

『子供扱いしないで』と言いたいのに、もうまともな言葉が出て来ない。

「あっ、や……」

揺さぶりながら奥へと嵌め込まれ、律動に中心で放り出されたものが切なく揺れる。激しく動かされもしないうちから、先走りが迸《ほとばし》るように何度も噴いて腹に零れた。

白くはない。透明で、ただのカウパーには違いないけれど恥ずかしい。

「や……見るっ、みる…な……」

「……誉は本当に感じやすいな」

「いや……やだ…っ、てっ……」

「いつも思ってたけど……女の子が潮吹いてるみたい」

「やぁ……」

言葉に苛《さいな》まれて、自由の残された両腕で反射的に顔を覆う。腕の下で啜り泣く間にも、隠しようのない場所は全部見られた。泣き濡れて張り詰めた性器も、いっぱいに口を開けて繋がれた部分も。

久我山が羞恥を覚えるほどに、深く頬張ったこわばりは嵩《かさ》を増し、中馬がひどく興奮しているのが判る。

「……ひ…ぁ、あ…っ……ぁん……」

泣き声は細く甘く、次第に尾を引くような喘《あえ》ぎへと変わった。

「は…っ、いい……誉の中、すごく……蕩《とろ》けてくる」

「やっ……ぁっ、あっ……」

快楽に飲まれて感じ入った声を上げる間にも、ベッドの縁は白い光に照らされ始めた。

夜明けをとうに迎えた時刻。昇る太陽が、無粋にも秘め事をつぶさに晒《さら》そうとする。

「……今日は桜島に見られずにすむね」

もう大して余裕なんてないくせして、中馬はからかうような声を抱き潰した久我山の耳に吹き込んでくる。

「まぁ、見せなくても、桜島の中にいるわけだけど。手のひらの上……っていうのかな、これ

……」

「あっ、あ……るっ、あっ……また、ばち当たる…からっ……」

「またって……バチ当たったの？　誉は、ホント……こういうときだけ、可愛いことというな」

「おまっ……なんか、いつもっ、かわい……」

可愛くない。

せめてもの反論も、呆気なく言えないまま突き崩された。日頃のツンとした声音も毒舌もこんなときにはまるで役立たずで、久我山は半乾きになった髪を揺すって、ぽろぽろと涙を零した。

「あっ……あっ……」

気持ちいい。すごく。

「ココ？　ああ、イイとこ当たってる？」

「やっ、や…ぁっ……そこ、もうっ……」

「……すご……また、濡れてきた」

二人の狭間で濡れて起き上がったものが、中馬の腹を打つ。快感が過ぎるのと恥ずかしいのとで、もうどうにかなりそうで、実際なってもいた。

「……もうイッちゃう？　我慢できない？」

問いにコクコクと頷く。期待に中がきゅうっと狭まったのが自分でも判る。中馬にもきっと伝わってる。自分でさえわからないようなことも。全部。知られてる。

「あっ、ん……うんっ……しょにっ、一緒に…っ」

ぎゅっとしがみついて告げれば、それはこの瞬間を示しているのか、ずっとそうしていたいのか判らなくなる。両方かもしれない。傍にいたいと思う感情は、惚れてしまったなら当然の思いで――

それを否定しようとするから、おかしな形になる。

「一緒に……イこうかっ？」

甘い囁《ささや》きに同意して、快楽を追うスピードを互いに早める。

「……史嗣っ……あっ、すき……好きっ」

高みに押し上げられるまま素直になってしまえば、こんなときだけ負けず嫌いにでもなったみたいに、その瞬間、中馬は「愛してる」と返してきた。


昼日中に目を覚ますと、ホテルの部屋に居候中の男はやっぱりもう先に起きていた。

眠りについたのがあまりに遅かったせいで、体も頭も重い。ごそごそとした動きで身を起こせば、窓辺の椅子に座って外を見ている中馬の姿が視界に入った。

海が見える。なにを置いても桜島を有り難がるこの地において、山ではなくオーシャンビューに価値があるのか判らないけれど、とにかく海のほうを見ている。

太陽はとっくに天頂に上っていて、射す光に眩《まぶ》しさはない。それでも、中馬の横顔はキラキラと輝いて見えた。

久我山はベッドを下りようとして、自分だけまだ裸であるのを意識する。シングルのこの部屋にはパジャマは一組しかないから当然といえば当然だけれど、中馬はもう服を着ていた。

「君の仕事の邪魔にならないように、帰るつもりだったんだよ」

窓のほうを向いたまま喋り始めた男に、ドキッとなる。とうに起きたのには気づいていたらしい。

「でも泊まるなら、着替え持ってくればよかった。まぁコンビニあったから、君を待ってる夜のうちに替えの下着だけは買っといたんだけどね」

「こ、コンビニは島で貴重な二十四時間営業だからな」

パジャマを着るのも今更なので、内心あたふたしつつ久我山も服を身につけ、窓辺に近寄る。

「なんかおまえ、ツヤツヤしてないか？」

照れ隠しにからかうような口調になった。

「ツヤツヤ？　シャンプー変わったからかな」

「いや、髪じゃなくて、髪もだけど……」

「満たされると輝くタイプなんだよ。特に愛情方面で」

パンツにまだ収めず出したままのシャツの裾《すそ》をちょいちょいと引っ張られ、久我山は身を屈ませる。下から椅子に座った男の顔が伸び上がってきて、自然と唇が重なり合った。こんなキスを普通に受け止めてしまうなんて、自分ももうすっかりホモ……いや、ゲイもしくは同性愛者であると認めざるを得なくなる。

だってもう、簡単にやめるつもりもない。

ちょこっと舌先まで潜り込んできたから、久我山もお返しとばかりにからめ返した。

「……やっぱりキスもセックスも、お酒臭くないのはいいもんだね」

うっとりと唇を離した男は言う。

「え？」

「君はいつもは大抵飲んじゃってるからさ」

「おまえだって飲んでるだろ？」

キスやセックスは、たしかに中馬のところで家飲みをした夜が多いからそうだけれど、なにも自分だけではない。むっとして言い返せば、まったく気にした様子もない男は悪びれるどころかむしろ笑って応える。

「まぁね。それに嬉しいから、お酒臭くったっていいんだけど」

「どういう……意味？」

少し嫌な予感がした。

「うちに来た君が、立て続けに飲む日はセックスＯＫの日なんだ」

訊くんじゃなかった。

「可愛いなって。緊張するからなんだろうけど、セックスしたいしたい、早くしてって誘われてるみたいで」

キラキラして自分を仰ぐ中馬を、傍らに立つ久我山は声にならない声に半開きにした唇をわななかせて見下ろす。

無意識の所業だった。でも言われてみればそのとおりで、その上いつも中馬は酒を飲む自分を妙に上機嫌で見ていたりもした。

「じ、自分だって飲んでっ……」

もはやひっくり返しようもない事実を往生際悪くどうにかしようとあがき始めたところ、幸か不幸か邪魔が入った。洗面室で鳴り始めた携帯電話のメロディ。

灰を被った服を脱いだときに、洗面台に置いてそのままだった。慌てて取りに向かえば電話は貴田からで、それ以外にも新留からのメールが数件入っていた。

「なんだったの？　仕事？」

洗面室でそのまま通話を終えてバタバタと出てきた久我山に、中馬は問う。

「下のカフェで打ち合わせがてらみんなで飯食ってるって。メール入ってたの全然気づいてなかった。俺もすぐ行かないと」

「そっか、じゃあ僕も下に食事に行こうかな。あ、もちろん他人の振りするから。偶然ホテルで居合わせたご近所さんの振りくらいはね」

中馬は少しおどけたように言い、急いで身支度を整えて階下に降りる。エレベーターに乗り込むと、タイムリミットが近づいているのを感じた。今、二人きりでいられるタイムリミットだ。

「史嗣」

「……ん？」

「この仕事終わっても、俺はここにいたいと思ってる」

無機質なエレベーターのドアを見つめて吐き出した言葉に、見なくても中馬が目を瞠らせたのは伝わってくる。

「あ、ここってのは桜島じゃないよ？　鹿児島ってこと」

「うん、判ってるよ」

「バスの席取りも、おばちゃんにやられっぱなしのましっぽ巻いて逃げるなんて嫌だしな。負けず嫌いなんだ、俺は」

照れ隠しに正直今はどうでもいい話を続けても、中馬の返事は変わらなかった。

「うん、それも判ってる」

きっと、またも自分の性格はお見通しなのだろう。悔しいけれど、それでもこの街にいたい。いくら口先で強がっても、心の中まで捻《ね》じ曲げることはできない。

それがもしも叶わずに終わるとしても。

「じゃあ、行ってくる」

扉が開く。一歩踏み出しながらチラと見た隣の男は、さっきよりも一層嬉しげにきらめいている気がして、久我山は少しばかり『やっぱり言わなきゃよかった』なんて捻《ひね》くれた思いを抱いた。

　まさかこっちまで充実しきって『セックスしました』なんて顔してないよな……と、不安を過ぎらせつつカフェに向かったものの、どうやら杞憂《きゆう》だ。

「久我山さん、大丈夫ですか？　疲れた顔してますよ？」

　新留には会うなりそう声をかけられた。キラキラどころか、くすんで見えるらしい。

「ま、まぁ寝不足は俺だけじゃないし」

　徹夜で部屋に戻って待ち受けていた恋人と疲れも忘れて一戦交えたのなんて、自分だけだろうけれど。

　ホテルのカフェレストランは一階のロビーの一角にある。リゾート感を出すためかアジアンテイストな演出の、仕切りも曖昧にしかない開放的な空間だ。エレベーターを降りてすぐに中馬とはさり気なく分かれたので、みんなには『偶然居合わせたご近所さん』の言い訳をする必要もなかった。

　六人掛けのテーブル席は食事の真っ最中で、空いていた通路側の端の席に座った久我山もクラブハウスサンドを注文した。

「それで、コンテの修正案を考えたんだけどさ」

　向かいの貴田は早速今後の予定について切り出す。

　貴田の案は、思いがけず撮れた火山雷や夜の桜島の噴火口を中心に編集し、昼の噴火の映像を収めることに拘《こだわ》らないというものだった。

　久我山の考えとはまるきり違う。

「俺は予定どおり昼の噴火は撮ってもらうつもりです。加えて、朝の映像もお願いしようと思ってます」

「はっ、どういうことだ?」

　貴田だけでなく、隣席の新留も、カメラマンらも揃って同様の表情だ。

「夜中の火山雷ときたら、朝焼けの降灰でしょう。グラデーションかけて、昼の絵に繋げます。夜から昼、一日を追うんです。ワンカットのコマ数減らせばいけますよね?」

「いや、待て。逆にハードルが上がってるじゃねぇか。昼に加えて朝焼けだと? そんなに都合よく噴火するもんか。昨日だって、一日粘ってようやく撮れたのが、偶然の夜中の噴火だってのに」

「まだ一日目ですよ。やってみないと判りません」

「いやいや、待て待て。こっちはそんなに暇じゃねぇんだ。スケジュールいっぱい使ってやっぱりダメでしたなんてのは困る。一本も絵が撮れてないならともかく、すでにいいもん撮れてんだから、なんのためにそんな無理してまで……」

　ほかのメンバーは押し黙っているが、貴田に引く気配はない。

「貴田さん、俺は妥協するつもりはありません。それこそ、『スケジュールいっぱい使ってやっぱりダメでした』なんて状況にならない限り、引けませんよ。無理でも必要だからです」

どうにか説き伏せようと言い募る。反論の隙を窺う男に対し、久我山の背後からホテルのカフェレストランには相応しくない野太い声が響いた。

「貴田さんとやら、わいはなにを言わんが」

振り返り見た久我山は、ぎょっとなる。

「なんのためにだ？　そりゃあ、よりいいCM作るためでしょうが！」

テーブル席の間の通路に仁王立ちの迫力で立つ姿。スウェットの上下でギプスに松葉杖をついたオヤジはよく知る中年男だ。

久我山は驚きにそのままガタリと椅子を鳴らして立ち上がる。

「し、支局長！」

「うちのCDが妥協しないって言ってんだ。悪いが、『東京からのお手伝いのみなさん』にはお付き合い願いますよ」

「えっ、し、支局長……さん？」

「鹿児島支局長の円藤《えんどう》です」

有無を言わせぬ剣幕と肩書きに、貴田はあからさまに狼狽え始めた。

しかし、訳が判らないのは久我山も同じだ。

「どうしたんですか、こんなところに……怪我のほうは大丈夫なんですかっ？」

「桜島がやばいらしいって、今朝見舞いに来た今別府《いまべっぷ》から聞いてな。いてもたってもいられんで来ちまったよ。まぁ、病院いても暇でしょうがねぇし」

「ていうか、言葉……」

通訳が必要なほどだった鹿児島弁が、なりを潜めている。貴田に通じるよう話すためだろうけれど、自分には鹿児島弁で押し通したくせして、こうまで普通に話せることが違和感だった。

「支局長の本籍は東京なんで」

通訳……ではなく、マイペースに座ったままの新留が理由を明かす。

「出身は葛飾柴又《かつしかしばまた》らしいですよ。私が入社したときには、もうあのとおりでしたけど……なんでも薩摩好きが高じて支局に依願転勤したんだとか。だいたい支局長の方言て、正直言って……」

『変ですよね』と耳打ちするように小声で告げられ、久我山は対処に困る。

変かどうかなんて、まず違いからして判らない。自分が方言に苦慮する一方で、ネイティブの薩摩女は『ちょっと変』なんて思っていたのか。

「うちのやり方が気に入らないなら、そっちの制作部の部長に俺から話を通すが？」

「あ、いや、まだ撮影続行しないと言ったわけじゃないんで」

さっきまでの勢いはどこへやら、タジタジの貴田は尻すぼみになる。

だてに西郷《さいごう》どんに憧れちゃいないということか。顔といい、愛犬ツンの名前と言い、これはもう――

「あとな、部長によく言っといてくれ。うちのCD引き抜こうなんざ、十年、いや百年早いってな。今更返してくれなんて言われたって、こいつはもううちの大事な戦力なんだよ。そうそう返せっか！　なぁ、久我山？」

太い眉を吊り上げて言い切った支局長は、久我山のほうを見るとにいっと笑った。

いざというとき、頼りになるのが責任者たる者。どうやら自分は望まぬ限り、当面鹿児島を離れることはないかもしれない。

「はい、そうですね」

久我山は調子を合わせて得意の微笑を湛え、ふと視線を感じて斜め前方を見ると、すぐ傍の席にエレベーターで別れたばかりの中馬が座っていた。しれっとグラスの水を飲みつつ、メニューを開いている。

大胆な距離で盗み聞きをしたらしい男は、目が合うと微笑んでひらと小さく手を振ってきた。

あとがき

皆さま、こんにちは。はじめましての方がいらっしゃいましたら、初めまして。

キャラさんでようやく二冊目の本になります。二年ぶり、めでたや！

『鹿児島を舞台にしたご当地ＢＬかぁ、ふむふむ』と思われた方もいらっしゃるやもしれませんが、『ちょっと違います』と言わせてください。どこか遠い地球のような星の、日本のような国の、鹿児島のような県です。パラレルワールド、ＮＥＯ鹿児島とでも思って読んでいただければ！　そんなにバスの席取りに執念を燃やすオバチャンは鹿児島にはいません。いないはず！　鹿児島県民の方々の名誉のために叫んでおきます。ちなみに今一つバスで整列乗車しないのは、我が地元、めんたいこ県も同じです。

同じ九州に住んでいながら、鹿児島に行ったのは数年前が初めてでした。『九州新幹線に乗りたい！』という母のリクエストに応えた指宿《いぶすき》旅行で、当初はさほど鹿児島について知らず。電車の中から灰色になった車が駐車場に数多く停車しているのを目にして不思議に思いました。すぐに『降灰かも！』と気づいて克灰袋の存在も知ったわけですが、何故か『袋を巡って小競り合いの末に恋が芽生えるＢＬ妄想』を始めてしまい、現在に至ります。どんなときも隙あらばＢＬ妄想を始める自分に、いつもながらびっくりです。しかも、仲良く灰の除去作業で惚れるカップルではなく、あくまで不仲萌え。

久我山《くがやま》は鼻持ちならない受で、書いていて楽しかったです。リアルにいたら、きっとスリッパで頭叩きたくなると思いますが！　穂波《ほなみ》ゆきね先生のイラストのおかげで、どうにかスリッパを回避できる愛されるキャラになりました。美形だけでなく、可愛げもアピールしていただき嬉しいです。中馬《ちゅうま》の滲む大人の余裕も格好よくて！　惚れ惚れします。ベッドではややヘンタイ……なところもなきにしもあらずな中馬ですが、このように実は格好いいんです！

穂波先生、素敵に二人を描いていただき、ありがとうございます。

この本に関わってくださった皆様、大変お世話になりました。

続編を書くにあたり、夏に桜島へ行ってきました。山の緑が美しくて、船から近づく島を目にしたときの印象は映画のジュラシックパークのようでした。独特の雰囲気は、やはり火山島だからでしょうか。長い間、入山規制で人の立ち入りが限られてるから？　作品の中では改心した新留が山の危険について語っていますが、降灰を追い求めたり観測できるのはそうした安全管理が施されているからこそだと思います。

季節によって山の表情も違うと聞きました。私もまた桜島の姿を見に行きたいです。

読んでくださった皆様、ありがとうございます。どうか次の本でもお会いできますように。

２０１４年９月　　　　砂原糖子《すなはらとうこ》。

この本を読んでのご意見、ご感想を編集部までお寄せください。

《あて先》〒105－8055　東京都港区芝大門2－2－1　徳間書店　キャラ編集部気付

「灰とラブストーリー」係

■初出一覧

Chara

灰とラブストーリー

……【キャラ文庫】

2014年10月31日 初刷

著者 砂原糖子

発行者 川田 修
発行所 株式会社徳間書店
〒105-8055 東京都港区芝大門2-2-1
電話 048-451-5960(販売部)
03-5403-4348(編集部)
振替 00140-0-44392

印刷・製本 株式会社廣済堂
カバー・口絵 近代美術株式会社
デザイン 百足屋ユウコ+松澤のどか(ムシカゴグラフィクス)

ISBN978-4-19-900770-5